Née en Bretagne, Irène Frain est agrégée de lettres classiques. Romancière, historienne et journaliste, elle a publié une vingtaine d'ouvrages. Parmi ses romans : *Le Nabab* (1982), *Secret de famille* (1989), *Devi* (1993), *L'Homme fatal* (1995), *Les Naufragés de l'île Tromelin* (prix Relay 2009 du roman d'évasion et Grand Prix Palatine du roman historique – 2009).

Irène Frain

# SORTI DE RIEN

RÉCIT

*Éditions du Seuil*

TEXTE INTÉGRAL

ISBN 978-2-7578-4803-6
(ISBN 978-2-02-112145-2, 1re publication)

*À tous les « sortis de rien » de Bretagne, et d'ailleurs*

Tu es pressé d'écrire comme si tu étais en retard sur la vie.
S'il en est ainsi,
Fais cortège à tes sources
Hâte-toi,
Hâte-toi de transmettre
Ta part de merveilleux, de rébellion, de bienfaisance.

René Char, *Commune présence*

# 1

« Vous qui venez de nulle part, qui êtes sortie de rien… »

J'ai su tout de suite qu'il fallait que je me taise. Ne rien dire, ne pas protester. L'animateur a donc continué à dérouler son discours. J'ai eu l'impression qu'il l'avait appris par cœur. Cependant, soucieux de son image de « grande figure des médias », il s'était assuré de son habituel filet de sécurité : un gros paquet de fiches.

Mots comptés, pesés, soupesés. Chaque dix secondes, il balayait son texte d'un coup d'œil panoramique, se tournait vers moi, me fixait un instant, étirait un sourire millimétré puis sondait la salle d'un long regard profond. Un concentré de bienveillance strictement chronométré.

Et ça marchait. Aussi bien qu'à la télévision, Grande-Figure-des-Médias – pour abréger, appelons-le GFM – envoûtait son auditoire. Trois ou quatre cents invités qui, vanité, légèreté, ou simplement de guerre lasse, avaient cédé aux relances opiniâtres de l'agence chargée d'assurer le succès de cette remise de trophées. À la fin de leur journée de travail, au lieu de rentrer chez eux comme tout un chacun, ils avaient consenti à installer leurs échines et leur stress dans les très inconfortables fauteuils de ce théâtre parisien. Ils étaient maintenant payés de retour : GFM, rien qu'à eux, leur servait son numéro.

J'avais cédé, moi aussi. Comme le chef étoilé, la créatrice de dessous chics, l'ex-champion de tennis, le petit génie de l'informatique qui m'avaient précédée sur scène et avaient reçu, ainsi que je m'apprêtais à le faire, le gros cube de métal doré qui récompenserait leur « chemin de vie », selon la formule de GFM.

Il ne prononçait jamais le mot « carrière ». Ni même « trajectoire » ou « parcours ». Ce refus d'appeler les choses par leur nom, c'est ce qui m'avait irritée, dès le début de la soirée. Comment avais-je pu me laisser embarquer dans cette galère ?

Vanité, sans doute, comme les autres, lassitude. Plus le savoir-faire de la multinationale qui finançait la soirée. La cérémonie avait commencé par un petit film d'autocélébration ; comme toujours en pareil cas, on y avait vu défiler, sur fond de ciel bleu Himalaya, ses managers au moral d'acier. Puis ç'avait été le tour de ses cadres qui n'avaient peur de rien, de ses chercheurs ultraconcentrés, manutentionnaires en salopette, contrôleurs de qualité coiffés de méduses plastifiées, hôtesses à la longueur de jambes réglementaire. Tous fermement solidaires, du haut en bas de l'échelle, dans la bataille engagée pour la suprématie planétaire de la Marque. GFM avait alors fait son apparition sur la scène et, à l'adresse de ceux qui doutaient encore, avait lancé d'une voix vibrante d'émotion : « Nous sommes ici pour défendre l'humain. »

De toute sa brochette de lauréats, je devais être le spécimen le plus spectaculairement « humain » : il en oublia ses fiches et c'est à moi, non à la salle, qu'il fit cette fois cadeau de son pénétrant regard. « Oui, vraiment, je tiens à le répéter, vous qui êtes venue de nulle part et sortie de rien… »

Et maintenant ça n'arrêtait plus : « Vous, dont l'itinéraire créatif ne saurait se dissocier de l'âpre, du difficile chemin de vie… » « Vous, dont les douloureux débuts… »

*

« Me taire, il faut que je me taise. Et puis je sais d'où il tire tout ça. C'est l'article de cette journaliste, il y a trois semaines… »

Cette vieille routière de la presse, je l'avais croisée dans un dîner. Dès qu'elle m'avait vue, elle avait bondi sur moi.

« Vous êtes une cachottière ! Je pensais qu'avant d'écrire des livres, vous étiez une obscure petite prof. Mais vous avez été sacrément gâtée par la vie, je ne savais pas que votre père était un grand financier… »

J'ai éclaté de rire.

« Mon père, un financier ? D'où sortez-vous ça ?

– C'est ce qui se dit.

– Les gens doivent confondre.

– En êtes-vous sûre ? »

On ne parlait pas encore de *storytelling*, à l'époque, pourtant j'ai bien vu, à son sourire narquois, qu'elle était convaincue que je m'étais inventé, pour mieux me faire valoir, toute une saga de la réussite. Je me suis récriée :

« Mais mon père… Depuis la guerre, il n'a quasiment pas bougé de Lorient, en Bretagne ! Il habite une petite maison ouvrière dans la banlieue de la ville. Il avait commencé comme gardien de vaches, c'était au fin fond du Morbihan, il avait onze ans… »

Elle a souri.

« De toute façon, où est le mal, d'être née dans une famille aisée ? Ce n'est pas un péché !

– Vous avez raison. Seulement mon histoire n'a rien à voir, ma famille… »

Et dans la foulée, j'ai entrepris de lui raconter l'itinéraire de mon père – du moins, ce que j'en savais à l'époque.

Il y avait du plaidoyer dans ce que je lui disais et, davantage encore, dans la façon dont je le lui disais. Je me sentais salie à l'idée qu'on puisse se tromper sur mes origines.

Plus je parlais, plus il fallait que je parle. J'aurais dû laisser tomber. Mais non, j'en ai remis, je l'ai étourdie de détails, lui ai raconté comment à quatorze ans, sur un coup de colère, mon père s'était enfui de la ferme où il avait été placé ; comment, à vélo, il avait gagné Lorient, sur la côte, où il avait appris la maçonnerie. Et ce qui l'avait conduit, à la Libération, après cinq ans de captivité en Allemagne, à bifurquer vers la formation professionnelle des adultes, où il avait fait carrière jusqu'à sa retraite.

Elle m'a laissée dire : autant d'informations qu'elle engrangeait. Son sourire de plus en plus narquois aurait dû m'arrêter, mais le siphon de la justification ne cessait plus de m'aspirer.

« … D'ailleurs moi-même, à l'époque de ma naissance, mes parents vivaient avec mes deux sœurs dans une pièce unique au sol de terre battue. Je n'en ai aucun souvenir, ils ont déménagé l'année suivante. Eux, ça les a beaucoup marqués. Alors, cette histoire de père financier… »

J'en bafouillais. Elle a cessé de sourire, s'est faite pensive et m'a plantée là.

Quelques semaines plus tard, en ouvrant mon courrier, j'ai compris pourquoi. Elle m'adressait un exemplaire du magazine qu'elle dirigeait. Un post-it fluorescent dépassait des pages, qui signalait un gros dossier. Il était consacré aux ravages des rumeurs ; un long encadré me prenait en exemple : contrairement à ce qu'avait prétendu un bruit tenace, je n'étais pas la fille d'un puissant financier, mais tout l'inverse, une pauvresse qui s'était extraite grâce à ses succès scolaires de la noire misère du Nulle-Part-Land breton. Puis j'étais « montée à Paris » où, sous l'effet d'un fabuleux coup de chance, j'avais été propulsée aux antipodes de ce à quoi me destinait l'humilité de mes origines : le royaume enchanté du livre.

Elle avait condensé l'histoire de mon père dans une formule laconique : « ex-gardien de vaches ». En revanche, l'épisode du vingt-cinq mètres carrés au sol de terre battue où j'avais passé ma première année l'avait inspirée. Pour mieux l'étayer, elle avait expédié à Lorient une de ses jeunes recrues ; celle-ci avait réussi l'exploit de dénicher une vieille femme qui avait connu mes parents à l'époque de ma naissance. Leur maison avait été rasée depuis des années mais la vieille femme s'en souvenait parfaitement. À défaut d'en retrouver une photo, elle en avait indiqué l'emplacement.

Mes parents ne m'avaient jamais montré un seul cliché de cette maison, je n'ai jamais su à quoi elle ressemblait. Pendant mon enfance, quand nous devions traverser le quartier, ils prenaient soin de ne jamais repasser devant elle. Ils se fermaient, se faisaient couleur de muraille, évitaient la rue au prix d'un long détour.

*

À présent qu'il s'est lancé dans l'improvisation, GFM en est tout grisé, de se passer de ses fiches. Il en oublie la salle, c'est à moi seule qu'il parle.

Je détourne les yeux. Je suis mortifiée, je me maudis : « Sortie de rien, ça vient tout droit de cet article. C'est ma faute. J'aurais dû mépriser la rumeur. Laisser dire. La boucler, comme faisaient mes parents. On ne parle pas de ces choses-là. Il faut que je me taise, il faut que je me taise. »

J'ai oublié le détail du discours de GFM, je n'en ai retenu que l'esprit : l'Ordre du Monde, à ma vue, avait été saisi d'un merveilleux et exceptionnel élan de compassion. Sur le jeu de l'oie des destinées, il avait réussi à me trouver une case : Cendrillon. Mâtinée d'un peu de Cosette, pour l'émotion.

J'étais le mouton à cinq pattes, en somme, la bête curieuse. À présent doublée de sa jumelle démesurément agrandie : la scène était filmée et projetée sur grand écran. La caméra, à intervalles réguliers, me prenait en gros plan ; depuis l'angle à cent vingt degrés que l'écran formait avec moi, je voyais ma tête offerte en pâture à la salle. Jusqu'à l'instant où GFM reviendrait à ses fiches et retrouverait avec elles le chronomètre intérieur qui réglait ses moindres faits et gestes, j'étais condamnée à m'accommoder de ce double : la mutation génétique improbable, l'exception qui confirme la règle, la charmante squatteuse, la passagère clandestine qui se tient assez bien pour qu'une fois découverte le capitaine du navire ne la flanque pas par-dessus bord. Il en était authentiquement ému, GFM, que des prodiges pareils puissent venir déranger les règles de notre monde implacable – je crois bien qu'il eut ce mot –, il en était sincèrement épaté. Je me demande même s'il ne m'admirait pas.

C'est cette sincérité, de façon paradoxale, qui m'a donné envie d'exploser. Je n'en pouvais plus, d'être là, sur scène, à ses côtés, les bras ballants, dans l'attente de l'instant où je recevrais, enfin ! mon gros cube doré. Oui, chaque fois que je me remémore cette soirée, le pire, c'est toujours cet instant où je le découvre, l'espace de quelques secondes, chamboulé par une émotion vraie.

Et moi qui, tel l'imposteur en passe d'être démasqué, fuyais son regard, moi qui me répétais : « Il faut que je lui explique, c'est cette journaliste, cet article... » Mais je restais muette. Interdite, dans tous les sens du mot.

Je le sais maintenant : c'était un réflexe immémorial. Celui qui, devant les puissants, fige les faibles et les miséreux comme le gibier face au chasseur. Comment le décrire à ceux qui ne sont jamais passés par là ? Une seule image me vient : les statues de sel de Sodome et Gomorrhe. Je m'étais faite pierre, je l'ai déjà dit ; mais en même temps je me sentais extrêmement friable, menacée de tomber en poussière à la seconde suivante. La colère me fracassait les tempes et j'étais incapable d'un seul geste, d'un seul mot.

Il s'est alors produit un phénomène curieux. Mon cerveau, comme pour me protéger de ce qu'il faut bien appeler la honte, a ouvert sur l'écran de ma conscience une minuscule fenêtre secondaire, à la façon des chaînes d'information continue où, en complément aux images de l'actualité « chaude », on voit s'incruster de brèves séquences d'événements qui se sont produits des jours, voire des semaines auparavant.

Ma fureur et mon impuissance me rendaient maintenant incapable d'associations claires, je n'arrivais plus qu'à aligner des réminiscences sans queue ni tête. Là encore, je ne me rappelle pas lesquelles. Je me souviens seulement de l'idée qui les reliait : « Ce n'est pas de moi qu'on parle. » Quelques pensées surnageaient aussi : « Je n'ai pas connu la misère, je ne sais pas ce qu'est la faim... Mon père n'a jamais été au chômage, j'ai toujours eu un toit... Je n'ai pas eu besoin de bourse pour entrer au lycée, un excellent lycée... »

En basse continue, cependant, un son brouillé me soufflait exactement l'inverse : « Tout de même, il y a quelque chose... »

C'était bien sûr, à fleur de conscience, une vérité qui cherchait son chemin. Mais son heure n'avait pas encore sonné et j'en suis restée à cet avertissement étouffé : « Il y a quelque chose. »

Pour les spéculations, de toute façon, ce n'était pas le moment. De toute cette brouillasse de pensées asphyxiées par la colère ont soudain surgi les mains soignées de GFM. Il laissait choir dans mes bras, enfin ! mon gros pavé doré.

*

Quand j'ai quitté ce théâtre – assez précipitamment, je dois dire –, j'ai croisé un écrivain de mes amis, qui comme moi s'était laissé embarquer dans cette galère.

De le voir, ça m'a soulagée. Mon répit a été bref. Juste après m'avoir embrassée, il m'a attaquée bille en tête.

« Tu en faisais une de ces têtes, sur scène ! Un moment, ce journaliste, j'ai pensé que tu allais lui voler dans les plumes. Mais non. Je dois dire que ça m'a étonné de toi. Tu aurais dû... »

J'étais à bout de nerfs, j'ai pris la mouche :

« Et je lui aurais dit quoi ? »

L'ami écrivain ne savait pas. Ça ne l'a pas empêché de revenir à la charge. De biais, cette fois :

« Cette façon qu'il a eue de parler de tes origines... »

Pour le coup, c'est lui qui s'est fait voler dans les plumes.

« Mes origines, je les assume ! Et même, je les revendique ! »

Je m'en suis immédiatement voulu. J'ai cherché à calmer le jeu. Comme lui, en prenant un biais :

« Et puis de toute façon, on est sûrement les seuls, toi et moi, à avoir été hérissés par ce qu'il a dit. Les gens ne font plus attention à rien. D'ailleurs il a tout pompé dans un article d'une journaliste qui…

– Je l'ai lu. Et justement, je voulais… »

Je savais ce qu'il allait me lâcher. Les mêmes reproches que ceux que je m'étais faits sur scène : il faut y réfléchir à deux fois avant de démentir une rumeur. Et moins on en dit sur soi, mieux ça vaut.

J'ai cru bien faire en lui donnant raison :

« Oui, c'est dans ce papier que ce crétin a trouvé sa formule idiote, "partie de rien". »

Mais l'ami écrivain était de ces natures perspicaces et toujours en alerte, un de ces êtres aussi attachants qu'insupportables, pour qui, même dans les conversations les plus banales, un mot est un mot. Il a aussitôt relevé :

« Il n'a pas dit : "partie de rien" ! Il a dit : "sortie de rien". »

Puis, comme il me voyait piquer un fard, il a enfoncé le clou :

« "Partie de rien", ça déborde d'énergie, de tonus, c'est la construction de soi, du positif, le mythe du self-made-man. Tandis que "sortie de rien"… »

J'ai cru une seconde fois lui échapper en faisant l'anguille.

« Oui, tu as raison, "sortie de rien", ça te refout la tête sous l'eau. »

Il a souri.

« Pourquoi "refout" ? »

Comme un quart d'heure plus tôt, sur scène, je me suis sentie à la fois pétrifiée et prête à tomber en poussière. J'ignore comment je l'ai quitté ; je ne sais même pas si je l'ai salué.

La séquence suivante me manque. De la suite, il ne me reste qu'un seul souvenir : je me vois, aussi agitée que si je fuyais un navire en perdition, sauter dans un taxi.

J'y ai oublié mon gros pavé doré. Je ne l'ai jamais réclamé.

*

Pendant quelques semaines, je n'ai plus pensé à cette soirée. Effacement. Déni absolu.

Mais la vérité, fermement décidée à se tailler une route vers le grand jour de ma conscience, a poursuivi son chemin souterrain avec une tranquille obstination : elle était certaine d'avoir son heure.

Cette heure a sonné deux mois plus tard, un soir où je signais un courriel. Au lieu de taper IRENE, mes doigts ont fait surgir sur mon écran l'anagramme RIENE.

Acte manqué. Il n'était pas neuf. Des années que je le répétais. Sous l'effet de la fatigue, je l'avais remarqué. Quelquefois aussi quand j'étais pressée.

Mais ce soir-là j'avais tout mon temps. Et je ne me sentais aucunement fatiguée. Une disponibilité qui, sans doute, a fait que, pour une fois, je suis tombée en arrêt face aux cinq majuscules du RIENE.

« En arrêt » est bien le mot : je n'étais plus qu'affût, alerte, alarme. Puis l'évidence m'a étreinte – j'écris « étreinte » parce que ça n'a pas été une pensée, mais une sensation physique, un genre d'électrochoc qui m'a fait trembler de la tête aux pieds : RIENE : RIEN au féminin. Fille de rien. Ou, plus exactement : fille du Rien.

À partir de là, tout est allé très vite. Je ne sais pas ce qui s'est passé ; en tout cas, la chape de déni dont j'étais prisonnière depuis deux mois s'est dissoute. J'ai continué à fixer l'écran, stupide au sens premier du terme : paralysée par la stupeur. Mais plus du tout statue de sel comme l'autre soir, plus du tout menacée par je ne sais quelle foudre. Une autre évidence a pris possession de moi, infiniment apaisante, celle-là : GFM avait raison.

Même son « venue de nulle part », je m'en fichais : il était manifestement de ces dinosaures qui persistent à ne voir de la Bretagne que le peu qu'ils ont pu distinguer depuis le ghetto de luxe d'une quelconque thalasso ou les quais d'une course au large ultrasponsorisée. Il en était resté aux clichés surannés d'un Plouc-istan magnifique mais trop humide et par conséquent impossible à vivre, peuplé qu'il était de surcroît de Bécassine bornées et de biniouseux tout aussi obtus. Mais avec son « sortie de rien », il était allé à l'os. Mieux, avec l'intuition surpuissante des gens de sa sorte – car on ne réussit pas dans les médias sans être doté d'un formidable instinct des plus subtils ressorts qui régissent la machinerie sociale –, il avait touché la moelle et dans ce fabuleux raccourci, « sortie de rien », humain au-delà de ce qu'il avait espéré, il était parvenu, sans le savoir, à résumer toute mon histoire. Ou plutôt l'histoire qui avait déterminé la mienne : celle de mon père.

J'ai émergé de ma sidération d'une façon elle-même très étrange : dans un nouveau, et très long frisson. Une interminable série de tremblements, certains presque douloureux, physiquement douloureux. L'endroit où ils m'ont fait le plus mal, je m'en souviens avec précision, ce fut dans le dos, au niveau des côtes inférieures.

Rien à voir avec la muette panique qui m'avait figée deux mois plus tôt sur la scène du théâtre. C'était l'onde de choc qui se produit après qu'une météorite de vérité a percuté la grosse, la molle et cependant si résistante planète de petits et grands arrangements qu'on a coutume de nommer après Balzac « la Comédie humaine ».

Et j'en tremble à nouveau, en cet instant où la frappe de mes doigts commence à former les mots qui vont tenter de ressusciter le passé enfoui de mon père. Je me sens saisie, c'est plus fort que moi, d'un violent sentiment d'appartenance. Habitée, quasi hantée, par tout un lignage archaïque, une dynastie sans noms et sans visages, ininterrompue depuis que le monde est monde et que la misère est là. Une mémoire coléreuse et brutale a pris la parole et me dicte, sans me laisser d'issue : « Cherche donc ce qu'il fut, ce Rien dont tu es la fille. Et raconte-le : si tu le dis, c'est toi que tu dis. »

Le chemin fut long, avant que je ne me décide à tenter de comprendre de quoi au juste était faite cette météorite de vérité. J'ai mis des mois et des mois. Le temps que mon père meure. Plus sept ans.

# 2

Quand Roland Le Bourhis m'a ouvert le grenier de la porcherie où son aïeul logea mon père entre l'âge de son placement, onze ans, et sa fuite précipitée de la ferme, il a aussi tenu à me faire visiter les huit ou dix corps de bâtiment que comptait l'exploitation agricole.

Ces constructions étaient souvent dans l'état où il les avait laissées lorsqu'il avait décidé de prendre sa retraite, trois ou quatre ans plus tôt ; et pour certaines, dont le grenier même de la soue à cochons, encombrées d'un extravagant capharnaüm d'objets non seulement inutiles, mais rigoureusement inutilisables.

Je n'ai pas été longue à saisir qu'ils étaient entassés là depuis que son propre père avait cessé de diriger la ferme. Ou, plus loin encore, le début des années 1960, l'époque où le patriarche qu'avait connu mon père continuait, malgré son âge, à intimider sa famille et, plus largement, tous ceux qui avaient dû, comme on dit encore dans le pays de Cléguérec, « servir chez Le Bourhis ».

Parmi tous les rossignols abandonnés sous les poutres des longères et des hangars, il en était d'émouvants. Dans un angle du grenier de la soue, par exemple, un grand et fier cheval en carton. « Il a orné un char de parade lors d'une fête à Pontivy, m'expliqua le jovial et robuste Roland Le Bourhis. Mon grand-père l'a fabriqué de ses mains. »

Le ton sur lequel il dit : « Mon grand-père » me signala tout de suite que son aïeul, près de quarante ans après sa mort, continuait de lui en imposer. Cela recoupait le témoignage de mes cousins, qui m'avaient confié le surnom qu'on lui donnait dès les années 1930, alors qu'il n'avait guère plus d'une quarantaine d'années : « Monseigneur ». Dans les récits que mon père m'avait faits avant d'être happé par la maladie d'Alzheimer, il avait préféré l'appeler « le Vieux », comme du temps de son enfance. J'avais saisi pourquoi : il voulait me faire comprendre qu'il n'avait jamais plié devant lui.

À l'abri d'une grange, à une vingtaine de mètres de la soue, Roland Le Bourhis conservait aussi deux tracteurs « vintage ». Ils devaient remonter aux années 1950. L'un d'entre eux, me jura-t-il en caressant le capot de sa machine, répondait toujours au premier coup de starter.

J'ai peu d'attrait pour la mécanique, je l'ai laissé flatter la tôle de l'engin – il s'y prenait comme s'il se fût agi de la croupe d'un cheval. Quelque chose d'autre m'intriguait : de curieux bouquets de fibres végétales entassés dans un grenier, à la gauche du hangar.

Comme celui de la soue, ce grenier-là menaçait ruine. Ses planches étaient vermoulues et disjointes ; la chevelure ultrasèche de ces étranges bouquets pendait à travers les lattes de bois. À voir la couche de poudre grisâtre qui recouvrait les fibres et les planches, personne n'était monté là-haut depuis des années.

Roland Le Bourhis avait l'œil à tout, il a remarqué ma fascination et, aussitôt, abandonné son vieux tracteur.

« Du chanvre. La dernière récolte. Ça remonte au temps où mon grand-père a passé la main à mon père.

– Du chanvre ? Mais je croyais qu'on avait cessé d'en cultiver au tournant du siècle, à la fin de la marine à voile.

– Oh non ! Chaque ferme a continué à en planter un champ et votre père a connu ça. Les femmes le rouissaient, le cardaient. On convoquait ensuite le tisserand ambulant, il nous en faisait des cordes, des draps, des torchons. Ici, jusque dans les années 1950, on a vécu en autarcie… »

*

« Autarcie » : je n'ai pas été surprise d'entendre ce mot dans la bouche de Roland Le Bourhis. Dès notre premier contact téléphonique, je l'avais deviné : je n'avais pas affaire à un de ces paysans nostalgiques et butés qu'on nous sert à longueur de romans de terroir et fictions télévisées. Il avait fait des études et énormément lu. Des années qu'il possédait portable et ordinateur. Voilà cependant qu'identique au portrait du Vieux brossé par mon père et mes cousins il se redressait de toute sa taille sous les poutres usées de sa grange, élargissait sa carrure, contractait ses paquets de muscles dorsaux et déclarait, toute bedaine dehors : « Le chanvre restera là-haut jusqu'à ce qu'il tombe en poussière. »

Pas d'emphase ; il avait parlé sur le ton de l'évidence. Et me souriait. Il y avait beaucoup de malice dans son œil.

Je l'ai appris ensuite : ce sourire, ce regard, Le Bourhis les avait toujours lorsqu'il tombait sur un inconnu, braconnier ou simple promeneur, qui s'était aventuré sur ses chasses. Il ne disait mot, préférait lui opposer le barrage de son solide mètre quatre-vingts à peine tassé par la soixantaine. Puis, comme maintenant, il ramassait ses muscles dorsaux et souriait.

Ce jour-là, je n'en savais rien ; j'ai été prise de court. Pendant quelques secondes, on a seulement entendu le bourdonnement de la route qui passait en contrebas des vieilles bâtisses de granit et de schiste qui formaient le hameau de Kerlann. Tête haute et jarrets écartés, ses noirs brodequins à fermeture Éclair prenant sans doute le même solide appui que les sabots de ses ancêtres, autrefois, sur la terre battue de la grange, Roland Le Bourhis continuait de me scruter.

Soudain j'ai compris. Ce n'était pas à moi qu'il faisait barrage. Mais à l'oubli. Dans le pays de Cléguérec, la mémoire est une résistance ; et la posture de lutteur que venait de prendre Le Bourhis m'avertissait : « Si ta vie, comme celle des autres, là, en bas, sur la route, n'est qu'une succession frénétique d'instants sans lien aucun les uns avec les autres, si tu n'es pas de mon bord, si tu ne connais pas, comme moi et les miens, la valeur des traces, dégage tout de suite, fous le camp. »

Je ne sais pourquoi, j'ai fait comme aurait fait mon père : je lui ai rendu son sourire, sa malice. Aussitôt, son puissant mètre quatre-vingts s'est affaissé. Comme pris d'une pudeur subite, il a baissé les yeux et dodeliné de la tête. Puis, d'un discret geste du bras, il m'a désigné les bâtiments qu'il restait à visiter et les talus qui continuaient de marquer la limite entre la ferme et les champs.

J'ai pensé : « Ça ne commence pas trop mal. Il devrait parler. » Je l'ai suivi.

Il continuait son tour du propriétaire. Une partie de moi-même enregistrait ce qu'il disait, l'autre était ailleurs.

Celle-là me repassait en boucle l'image de la dernière récolte de chanvre. Je me disais : « Soixante ans qu'elle est là. Un jour, sans doute, quelqu'un a annoncé : "Le tisserand ambulant est mort. Qu'est-ce qu'on va faire de tout ce chanvre ?" Et un autre – peut-être la même personne, après tout, peut-être le Vieux –, a enchaîné : "On n'en fera rien. Et de toute façon, maintenant, qu'est-ce qu'on a besoin de draps et de torchons en chanvre, il y a du synthétique plein les magasins de Pontivy. Et puisqu'on a décidé de se raccorder à l'eau courante et à l'électricité, tu nous vois enfourner ces gros tissus-là dans une machine à laver ?" »

La dernière récolte, on aurait pu la jeter au fumier. Personne n'avait voulu. Avec elle, on avait fait comme avec les vieux qu'on ne se résigne pas à voir mourir : on l'avait laissée tranquillement finir son temps.

C'était l'époque où la société de consommation avait déferlé sur la France, de Gaulle était venu, parti, on avait eu la bombe atomique, perdu les colonies, gagné les transistors, la télé, le Formica, les collants, les autoroutes, l'automobile pour tous, la pilule, les centrales nucléaires, le pied de l'homme sur la Lune. Plus une infinité de conforts si minuscules qu'ils avaient vite paru relever de l'évidence.

Les guerres, elles, comme les famines et les génocides, avaient continué leur petit bonhomme de chemin. Au loin, heureusement, toujours au loin, Vietnam, Biafra, Afghanistan, Bosnie, Irak, et j'en passe.

Elles étaient coriaces, les fibres de chanvre, elles n'étaient pas tombées en poussière, même quand les cartes de l'Histoire avaient été rebattues de fond en comble. Le sida, les PC avaient surgi, le mur de Berlin, tout aussi vite, s'était effondré, les Twin Towers écroulées. Internet et les satellites, eux, plus sournois, avaient resserré en douce leur maillage sur la planète, mais la récolte avait continué à se dessécher, à se foutre de tout, finalement, même des tsunamis qui changeaient tous les ans la face du monde : la mondialisation galopante, le terrorisme, le chômage de masse, les faillites financières, les souches de maladies inconnues. À présent c'étaient les pôles qui fondaient, et elle était toujours là, avec Roland Le Bourhis à son pied, plutôt crever que la balancer : ses fibres, c'était le dernier fil qui reliait ce pays à son passé.

Le fil de la mémoire, en somme. Celui-là aussi, bientôt, s'en irait en poussière. Mais il tenait encore. J'avais de la chance. J'étais arrivée à temps.

Nous nous étions vraiment reconnus, Roland Le Bourhis et moi. À la fin de la visite, il m'a proposé : « C'est demain dimanche. Venez manger. »

# 3

Je suis arrivée comme il avait demandé, à midi tapant. « J'ai cuisiné un lapin de garenne », m'a-t-il déclaré lorsqu'il m'a ouvert sa porte, campé sur ses jarrets avec la même sûreté que la veille. Puis il a élargi un identique sourire. « Je l'ai chassé, le lapin, vous pensez bien ! » Il en jubilait d'avance, du déjeuner qu'il m'avait concocté.

Et ce fin cuisinier s'amusait à me mettre moi-même sur le gril : « Pour le dessert, j'ai invité des amis ! »

Je ne lui ai pas demandé qui. Il continuait à sourire, je sentais bien qu'il avait manigancé quelque chose qui avait à voir avec le passé de mon père.

J'ai préféré le laisser venir et j'ai bien fait, il n'a pas tenu longtemps. Avant que j'aie passé le seuil de sa salle à manger-cuisine, il m'a lancé : « Le lapin, je l'ai cuisiné dans la marmite en fonte de ma grand-mère ! Et dans la cheminée ! Ma culture, c'est se nourrir au feu et se chauffer au bois. Encore faut-il que le bois ne soit pas le même selon ce qu'on cuit ! Votre père savait sûrement ça. Il l'a vue, cette marmite en fonte, quand il était *beutjul*[1] ici ! Tout ce qu'elle cuisinait, ma grand-mère, c'était là-dedans ! »

1. Transcription phonétique du breton de Cléguérec. Il correspond au breton standardisé *bugel* (prononcer : « buguel ») qui signifie « enfant » et désigne de façon plus spécifique les jeunes garçons de ferme, petits bergers ou vachers.

*Beutjul* : il avait fait sonner, carré, les deux rudes syllabes qui, dans la Bretagne d'autrefois, désignaient l'échelon le plus bas de la hiérarchie rurale : les gamins commis au gardiennage des bêtes. Dès mon premier coup de téléphone, il avait donc compris, sans que je lui en touche un mot, ce qui m'amenait chez lui : mettre mes pas dans la souffrance de mon père ; et il avait anticipé, avec les questions que j'allais lui poser, les réponses qu'il allait me donner.

Sa frontalité m'a désarçonnée. Mais j'ai été encore plus déroutée de ne l'avoir jamais entendu, ce mot « beutjul », dans la bouche de mon père. Au cœur du cercle étroit de la famille, pourtant, des vocables bretons lui échappaient. *Ch'ouari*, par exemple, quand la complexité d'une situation ou d'un outil l'exaspérait ; *katell*, lorsqu'il décriait une voisine qui parlait à tort et à travers. Ou le plus terrible à mes yeux d'enfant, *lagadu !*, à l'adresse d'un gamin turbulent qui commençait à lui taper sur les nerfs.

Mais beutjul, jamais. Il ne disait même pas : « Du temps que je travaillais dans une ferme… », lorsqu'il évoquait ses quatre ans à Kerlann. À la place, il grondait : « Du temps qu'on m'avait envoyé garder les vaches… » Il parla ainsi jusqu'à la fin de sa vie. Jusque dans les étroites plages de lucidité que lui laissa la maladie, sa colère, sa révolte contre l'injustice restèrent intactes. Aussi pures qu'au jour où il était arrivé ici, arraché de l'école du jour au lendemain, à onze ans.

*

J'allais entrer dans la pièce où Le Bourhis avait dressé la table du déjeuner lorsque le soleil réussit l'exploit de trouer la chape de nuages bas qui plomba si longtemps nos vies durant l'hiver 2013. Je me suis retournée. La lumière restait maigre. Assez vive, néanmoins, pour extraire les bâtisses de Kerlann du marécage grisailleux où elles étaient noyées la veille. Puis le soleil prit encore de la vigueur et leur architecture, leur agencement, le grain même de leurs pierres se firent d'un coup extraordinairement nets.

Roland Le Bourhis me parlait d'apéro. J'ai risqué : « Vous me donnez une petite minute pour revoir la porcherie ? Juste de l'extérieur. Il fait tellement plus beau qu'hier, je voudrais… »

Je lui désignais mon appareil photo. D'un léger dodelinement de la tête, comme la veille, il m'a fait signe qu'il était d'accord. Je me suis tout de suite engagée dans le sentier qui descendait vers la porcherie.

Ce que je voulais photographier, ou plutôt rephotographier puisque j'avais déjà pris quelques clichés le jour précédent – et même avant, je m'étais déjà rendue ici fin décembre 2006, au lendemain de la mort de mon père –, c'était la plaque de ciment et l'inscription qu'à vingt-deux ans, devenu maçon à Lorient, il était venu apposer sur la soue :

LE POHON Jean
1936

Roland Le Bourhis a deviné ce que je voulais faire, il m'a emboîté le pas. L'inscription, comme je l'avais prévu, était bien plus nette que la veille. Dès qu'il a été là, je lui ai pointé la ligne du haut.

« Aujourd'hui, vous avez vu ? On distingue les traits que mon père a tracés dans le ciment avant de dessiner les lettres de son nom. Il s'y est pris comme sur ses cahiers d'écolier. C'est tellement lui, cette passion de la régularité, de l'exactitude… »

Le Bourhis m'a coupée dans mon envolée :

« Oh, mais c'est pas tout ! Tenez... »

Ses mains s'agrippaient à une fine lame de granit qui dépassait de la façade, juste au-dessus de la plaque.

« Regardez ce qu'il a fait, avant de cimenter sa plaque... Il a extrait du mur une vieille feuille de pierre. Et le résultat... »

Il désignait à son tour l'inscription.

« ... c'est que son nom ne s'est pas effacé ! »

Il disait vrai. Seul le « Jean » s'était estompé, à cause de ses caractères plus discrets et moitié moins grands. Mais son « LE POHON », lui, avait toujours fière allure. Quant au « 1936 », malgré les taches de lichen ocré qui commençaient à l'attaquer, il se laissait lui aussi parfaitement déchiffrer.

Pas plus que la veille, quand je lui avais demandé de m'ouvrir le grenier où, enfant, avait vécu mon père, Roland Le Bourhis ne m'a paru troublé. Au contraire, la scène l'a mis d'excellente humeur : nous étions maintenant trois, au Club des Amis des Traces. En plus de lui et moi, mon père. Je pensais qu'on en resterait à ce chiffre. J'étais loin du compte.

*

Jusqu'au dessert, nous fûmes quatre autour de la table : Le Bourhis et moi, Christine, sa nouvelle compagne – comme nombre de retraités, il venait de divorcer. Et François, mon mari, qui était arrivé à l'instant précis où nous remontions de la soue.

« Ici, c'est mon petit relais de chasse, déclara Le Bourhis dès que nous eûmes fini de trinquer. Avec mes copains, avant de partir dans les bois, on s'offre un petit casse-croûte autour de cette table et quand on revient, pareil. J'habite à côté, dans la grande maison que mon père a fait construire, la neuve, juste après la grange. Mais du temps de votre père, c'est dans cette maison qu'on vivait, dans cette cuisine qu'on mangeait. Tout le monde s'asseyait ensemble à cette table, mes grands-parents, mon père, les charretiers, les journaliers, les valets, les beutjuls… »

Il a laissé son verre d'apéritif, s'est retourné vers la cheminée, s'est penché au-dessus de la marmite, a goûté la sauce de son lapin. J'en ai profité pour en placer une : « Je me souviens très bien de cette pièce. Et de votre grand-mère. Un jour, quand j'étais petite, mon père m'a emmenée ici. Je me rappelle que c'était au mois de mai, ou juin. Je ne sais pas ce qu'il lui avait pris, il faisait très chaud, c'était l'après-midi, j'avais onze ans… »

Je n'ai pas pu finir ma phrase. Je venais de réaliser que mon père m'avait amenée ici à l'âge même où il avait été placé à Kerlann ; et que nous étions venus seuls, sans ma mère. Ni aucun autre membre de ma famille.

Mon père ne faisait jamais rien au hasard. C'est ce qui m'a noué la gorge. Plus moyen de parler. Rien que cette pensée : « Je n'ai rien vu, rien compris. » Et j'étais sûre qu'il ne m'avait montré ni la soue ni l'inscription.

Le Bourhis avait fini de goûter sa sauce. Il replaçait le couvercle sur la marmite et parlait d'une nouvelle tournée.

Histoire de mettre en fuite l'accablement qui me gagnait, je lui ai tendu mon verre et j'ai commencé à le siroter.

Il détaillait maintenant les règles de conduite qu'il imposait à sa bande d'amis lors de leurs chasses sur ses terres. Je n'arrivais plus à le suivre, je revoyais « la Vieille », comme l'appelait mon père – un surnom qu'il lui avait sans doute donné, comme à son mari, lorsqu'il était arrivé ici ; elle n'avait pourtant que trente-cinq ans lorsqu'il avait été placé à Kerlann. Quand j'étais entrée dans cette pièce, l'année de mes onze ans, ce surnom m'avait paru tout à fait justifié : c'était une femme cassée qui nous avait assis à cette table, face à un verre de cidre, sous ces mêmes vieilles poutres.

Je me suis mise à les fixer. Elles étaient vernies, toutes proprettes. Il m'est revenu qu'à l'époque elles étaient noires de fumée ; et qu'il en pendouillait de longs rubans enduits d'une colle marronnasse destinée à piéger les mouches. Ils étaient d'une efficacité toute relative. Pendant les palabres de mon père avec la Vieille – une conversation qui me parut sans fin –, les insectes ne cessèrent de nous harceler.

Cette guerre perdue d'avance contre les mouches, les rubans gluants suspendus aux poutres, l'extrême lassitude de la Vieille, la fraîcheur et l'excellence de son cidre, enfin cette table tout en longueur face à laquelle, à présent, je savourais l'apéritif de son petit-fils, c'était le seul souvenir que j'aie gardé de Kerlann. J'avais beau faire, je n'arrivais pas à trouver un lien entre la scène présente et l'autre, qui venait de surgir du passé.

C'était aussi, comme à la fin de la soirée des trophées, la sournoise impression : « Il y a quelque chose. » Mais ma conscience était plus claire, je parvenais, en silence, à former des questions parfaitement articulées : « Mon père, pourquoi a-t-il tenu à m'emmener ici quand j'avais onze ans ? Pourquoi étions-nous seuls, sans ma mère, sans mes sœurs ? Et, puisqu'il détestait tant le vieux Le Bourhis, pourquoi, sa vie durant, a-t-il fallu qu'il reprenne, au moins tous les deux ou trois ans, le chemin de Kerlann ? »

*

J'aurais dû interroger Le Bourhis. Je n'ai jamais osé. Il a pourtant joué le jeu quand je l'ai questionné sur la vie des beutjuls.

Ça s'est passé au moment où nous attaquions, avant le fameux lapin, les cornets de macédoine au jambon qu'on sert rituellement en Bretagne lorsqu'on veut honorer ses invités. Pour évoquer les beutjuls, il ne s'est pas fait prier.

Il en savait long sur la question : il avait côtoyé les derniers d'entre eux dans les années 1950, avant d'être mis en pension. Malgré tout, il a tenu à précéder son récit d'une déclaration liminaire : « Vous savez, Kerlann était un genre de maison d'accueil. Les beutjuls, c'étaient des miséreux. Des pauvres gosses dont les parents n'avaient pas de quoi. Ils étaient logés, nourris, blanchis, ils mangeaient ce qu'on mangeait, et ma grand-mère, la cuisinière que c'était ! Les beutjuls, c'étaient ses chouchous. On était presque jaloux ! »

J'ai sorti mon carnet, noté. Le Bourhis n'a pas pipé mot. Puis, aussi franc du collier que la veille, il a scrupuleusement répondu au flot roulant de mes questions : « Qui recrutait les beutjuls ? » « À quelle heure se levaient-ils, se couchaient-ils ? » « Où et comment faisaient-ils leur toilette, leurs besoins ? » « Ils étaient combien, là-haut, dans le grenier de la soue ?... »

Et je grattais, grattais. Je n'ai levé le nez de mon cahier qu'à l'instant où le lapin est arrivé sur la table. J'ai consacré une longue pause au patient dépiautage d'un râble, puis Roland Le Bourhis a repris ses récits, et moi mon cahier.

Je ne l'ai lâché qu'au moment où il a proclamé :

« Parce qu'il ne faut pas croire ! Mes grands-parents avaient leur bachot !

– Leur bachot ! Mais c'était très rare à l'époque, chez les agriculteurs…

– Peut-être. Mais eux, ils étaient allés au lycée de Pontivy.

– Votre grand-mère aussi ?

– Tenez donc ! »

Il s'est levé, a foncé dans sa maison d'habitation et en a rapporté de vieux cahiers de classe qu'il m'a fourrés entre les mains.

« Regardez ! »

Cours d'algèbre. Cours de physique, de chimie. Cours de morale. Cours de poésie. Tous religieusement consignés d'une splendide écriture au porte-plume. Pleins et déliés au cordeau, pas un pâté. Et d'excellentes notes.

Tel était le passé de la vieille à l'échine cassée qui m'avait tendu un verre de cidre sous les rubans poisseux qui n'arrivaient pas à piéger les escadrilles de mouches. La vie l'avait broyée. Mon père, jamais. Il avait fallu la maladie pour qu'il plie.

*

Je le savais depuis toujours, il avait rigoureusement exclu la Vieille de sa haine de Kerlann. Dans ses récits, il ne manquait jamais de rappeler : « Elle, c'était une femme bonne. »

Ce point recoupait une mention que j'avais trouvée dans une lettre que le Vieux avait adressée à mon père en décembre 1939, en réponse à un courrier qu'il lui avait écrit pendant la « drôle de guerre » – il se trouvait alors dans la Somme. Le grand-père Le Bourhis s'était empressé de lui répondre, en soulignant le désarroi qui s'était emparé de sa femme quand elle avait appris que son ancien beutjul avait été mobilisé : « Anaïk aurait été contente de connaître ton adresse pour pouvoir t'envoyer un colis. Elle a parlé souvent de toi. Mais n'est-il pas vrai qu'elle t'a soigné quand tu étais petit, et cela ne s'oublie pas. »

Dans cette lettre, le Vieux lui manifestait aussi beaucoup d'amitié – il allait jusqu'à se dire son « bien dévoué ».

De la valise de carton noir que m'avait laissée mon père, j'avais aussi exhumé, à côté de ses carnets de guerre et de sa correspondance avec ma mère, des courriers qui attestaient qu'au plus noir de sa captivité en Allemagne, les années 1942-1943, le Vieux, à plusieurs reprises, lui avait envoyé de très généreux colis. En 1936, du reste, lorsque mon père était revenu à Kerlann et avait voulu apposer sa fière plaque de ciment sur la soue, il ne semblait pas s'y être opposé. Ensuite, personne n'avait détruit l'inscription, ni son fils ni son petit-fils. Tout à l'heure, quand j'avais fait mes photos, je l'avais bien vu, Roland Le Bourhis la considérait comme la vieille récolte de chanvre : pas question d'y toucher.

Était-ce pour vérifier que sa plaque était toujours scellée au mur de la soue que mon père, depuis 1936, était si régulièrement revenu à Kerlann ? Pendant la guerre, je l'avais aussi découvert dans ses lettres, il y avait envoyé ma mère. La dernière fois qu'il s'était rendu ici, c'était en 2001, cinq ans avant sa mort. Sans m'en rien dire, il avait demandé à mon mari de le conduire à la ferme et lui avait montré la porcherie, dont j'ignorais l'existence, et l'inscription à son nom. Avec ces seules explications : « Je logeais dans le grenier. Un jour, j'en ai eu assez, j'ai eu un coup de sang. Je suis parti de cette ferme, j'avais quatorze ans. Ensuite, je suis devenu maçon à Lorient. Plus tard, je suis retourné faire un tour chez mes anciens patrons. Le mur de la soue était en piteux état, j'ai proposé de le réparer. Pour mon travail, je n'ai pas demandé d'argent, seulement le droit d'inscrire mon nom sur la porcherie. Le patron de la ferme a accepté. »

C'était le biais qu'il avait choisi pour que j'aie connaissance de l'épisode de son séjour dans la soue. Certain, à juste titre, que François m'en parlerait. Mais à moi, pas un mot, jamais. Même ensuite, quand il put estimer que j'avais encaissé le choc de sa révélation. Que s'était-il passé ici, pour qu'il fît tant de mystères ?

Et au fait, ce qui était arrivé avait-il eu lieu ici ?

« Avec tout ça, on n'a pas fini mon lapin ! » a tonitrué Roland Le Bourhis lorsque les premiers des amis dont il m'avait annoncé l'arrivée ont toqué à sa porte.

Un couple de retraités, la petite soixantaine, a fait son entrée. Le Bourhis a pointé l'emballage cartonné que lui tendait la femme puis l'a apostrophée, toujours aussi truculent :

« On a pris du retard ! Pour votre tarte, va falloir attendre qu'on ait fini mon lapin ! Allez, mettez-vous à table et, pendant ce temps-là, buvez un coup ! »

Nous avons fait un sort au lapin. Tout en mangeant, Le Bourhis a lancé son ami sur le passé de Cléguérec. C'est là que j'ai saisi pourquoi il avait invité ce couple : l'homme savait tout du pays. Son cadastre présent, mais aussi l'ancien, celui d'avant le remembrement. Les lieux-dits, en français comme en breton, les sources, le tracé des ruisseaux, des landes, bois, champs, marais, au mètre près, il avait tout en tête. Les talus d'avant, ceux qui remontaient à des siècles, peut-être à des millénaires ; et ceux de maintenant, qu'on reconstitue, savante documentation en main, quarante ans après avoir férocement abattu les précédents.

Mais surtout, par le menu et par cœur, il connaissait les chaînes de femmes et d'hommes qui avaient veillé, propriétaires ou simples locataires, sur tous ces champs, sources, ruisseaux, landes, marais, taillis, talus. Il se rappelait, nom, prénom, parfois date de naissance, qui avait envié qui, le motif de la jalousie, et comment ça avait tourné, bêtes empoisonnées, bagarre sanglante, fâcherie jusqu'à la tombe. À la première question, il pouvait dire, quasi du tac au tac, qui avait hérité de qui. Et pourquoi, et comment. En plus du bornage de la plus infime parcelle de terre, il savait tout des alliances de famille, de leurs interdits, de leurs secrets. Cela sur des dizaines et des dizaines d'années.

Du coup, sur le carnet où j'avais recommencé à griffonner dès qu'il avait repris la parole, je l'ai baptisé « l'Homme des Limites et des Tribus ».

*

Oui, la mémoire est vive, dans le pays de Cléguérec, acérée, têtue. Les souvenirs ont l'aigu des arêtes de pierre qui, en haut de la montagne, à sa frontière nord, transpercent l'humus de la forêt; et le même farouche refus de céder à l'érosion du Temps. Dès que j'eus avancé : « D'après les actes d'état civil, la lignée de mon grand-père venait de coins qui s'appelaient Bot Er Mohet, Bot Er Barz... », l'Homme des Limites et des Tribus a coupé : « Oui, je sais, ils venaient de la lisière de la forêt, les gens de votre famille. Vous savez ce qu'ils veulent dire, ces lieux-dits, en breton ? L'Abri du Sanglier, l'Abri du Barde. Vous avez aussi des ancêtres du côté de Boduic, je crois bien... »

Sa science semblait infinie : ce nom-là aussi, je l'avais rencontré sur les actes d'état civil que j'avais rassemblés quand j'avais dressé mon arbre généalogique.

Et il poursuivait déjà, à croire qu'il allait remonter jusqu'au début des temps : « Mais pour le plus gros, votre famille, c'était de Sainte-Brigitte qu'elle venait… »

Cette fois, je me suis permis de l'interrompre :

« Oui, j'ai vu le nom de ce village sur les actes. Et j'ai une cousine, un jour, qui m'a dit ça.

– Il y a toujours des gens qui se rappellent.

– Elle n'en savait pas plus.

– Oui, mais tout de même, les gens se rappellent. »

Et il a recommencé à me dire ce qu'il savait. Sa mémoire, en plus de sa précision, fascinait par son mécanisme : elle lui revenait par petits paquets disparates ; pour autant, tous ces fragments de souvenirs semblaient reliés les uns aux autres par un fil invisible.

« C'est par mariage que votre grand-père est arrivé à Cléguérec. J'ai croisé de vos tantes, de vos cousins. Des gens durs au travail, tenaces, coriaces. Ils étaient souvent dans le repli. Ils avaient leurs propres lois. »

Il a marqué un petit silence avant d'ajouter : « Extrêmement dignes. Austères. »

Puis, comme si c'était là l'explication de la ténacité exceptionnelle qu'il prêtait à ma tribu, il a laissé tomber : « C'est sans doute parce que leurs origines, c'était l'autre côté du Stang Ihuern. Quand on partait par là-bas, on s'en allait vers les maçons, les ouvriers, des gens qui travaillaient les pierres, le fer. Il reste toujours des traces de ça, là-bas. Un autre pays. Pas les mêmes gens. »

Depuis qu'il parlait, j'avais repris mon cahier et je le noircissais de notes. Un nom m'a arrêtée : Stang Ihuern. Je l'ai questionné sans lever le nez :

« Je n'ai pas vu ce village sur ma carte.

– Ce n'est pas un village. C'est une rivière.

– Et son nom veut dire quoi ?

– La Gorge de l'Enfer. »

J'ai aussitôt relevé la tête.

« Pourquoi l'Enfer ? »

Il avait la réponse sur le bout de la langue. Il n'a pas eu le temps de me la donner : le dernier invité de Roland Le Bourhis venait de frapper à la porte.

« Gégé ! » a claironné Le Bourhis dès que le nouveau venu a fait son entrée.

Puis il s'est retourné vers nous.

« Gérard Kermarrec. Lui aussi, il en connaît un rayon. Chaque pierre du pays, chaque histoire qu'il y a derrière, il sait tout, et par cœur ! Eh ! Un ancien prof… Allez, Gégé, tu vas bien prendre un peu d'eau-de-vie ? »

Roland Le Bourhis triomphait. Il y avait de quoi. Non seulement, dès mon premier coup de fil, il avait compris ce que j'étais venue chercher chez lui, mais en moins de quarante-huit heures, il avait réussi à me servir sur un plateau les deux trésors vivants de la mémoire du pays.

*

Kermarrec, comme il fallait s'y attendre, était un ami de l'Homme des Limites et des Tribus. Il a tout de suite senti que son compère grillait de continuer à parler. L'autre, de son côté, savait que Kermarrec ne se vexerait pas s'il reprenait sans formalité notre conversation là où nous l'avions laissée.

« Ici, les terres sont riches, a-t-il enchaîné. Là-bas, après le Stang Ihuern, c'est le pays des pierres. Cela dit, de très belles pierres, le schiste ocré, le schiste vert ; et le plus rare, le schiste bleu. À Bot Er Barz, l'Abri du Barde, où est né votre grand-père, il y avait une grande coulée de pierres bleues. »

J'avais inséré dans mon cahier l'arbre généalogique de mon père et les photocopies de quelques actes d'état civil. Je les ai brandis.

« Mon grand-père était maçon. Et mes oncles eux-mêmes, puis mon père…

– Oui, dans ce coin-là il y avait quantité de maçons, est intervenu Kermarrec. Du coup, ils n'avaient pas de quoi vivre. Ils s'en sortaient en louant un bout de champ, ils achetaient une vache, ils élevaient des poules. "La boutique", ils appelaient ça. Du temps où les forges étaient en activité, de l'autre côté de la forêt, vous savez bien, les grandes forges, les Forges des Salles… Au fait, elles sont intactes, vous les avez vues ? »

Je les avais vues. Kermarrec s'est animé.

« En ce temps-là, pour ne pas crever de faim, les pauvres montaient dans les bois chercher du minerai de fer. La forêt est d'une richesse minéralogique incroyable… »

Lui, Kermarrec, son affaire, ce n'étaient ni les limites ni les tribus, mais la forêt et ses pierres. Et comme l'autre ne disait plus rien, il laissait libre cours à sa passion :

« Elle est parsemée de mégalithes jamais répertoriés, de tumulus, d'allées funéraires qu'on est seulement deux ou trois à connaître ! Effondrées, la plupart du temps, mais elles doivent remonter à quatre mille, cinq mille ans comme celle de Bot Er Mohet. Vous l'avez vue, elle aussi, l'allée couverte de Bot Er Mohet ?

– Oui, c'est même là que je suis allée en premier, j'ai des ancêtres qui sont nés là-bas. À deux pas de l'allée funéraire, d'après les actes… »

Mais Kermarrec était déjà revenu à son dada :

« Dans la forêt, il y a même un cromlech, une sorte de mini-Stonehenge, un alignement qui forme un cercle…

– Le beutjul qui garde ses vaches, on l'appelle ! »

C'était Le Bourhis. Ça le rendait de plus en plus jovial, de me voir suspendue à la bouche de ses deux amis, si captivée que, sans m'en rendre compte, j'avais déjà sifflé les deux tiers de mon eau-de-vie. Ça aussi, ça le réjouissait.

« Sans la forêt, les malheureux qui vivaient de l'autre côté du Stang Ihuern n'auraient pas survécu, a repris Kermarrec. Il y a cent ans, ils étaient encore trois ou quatre cents, là-dedans, au milieu des cerfs et des sangliers, à ramasser des branches, à en faire du charbon de bois pour les forges. D'autres fabriquaient un peu de fer dans leur coin. Comme pendant la préhistoire, dans de petits fours de pierre à ras de terre : la forêt, je vous ai dit, est pleine de pierres rares, certaines résistent à de très fortes températures et puisqu'il n'y avait pas beaucoup de travail, les gens qui vivaient à l'abord de la forêt se le partageaient. Les uns cherchaient les pierres réfractaires, les autres fabriquaient les fours, d'autres le charbon de bois. Ou ils venaient le collecter, le transbahutaient de sentier en sentier sur leurs charrettes jusqu'aux grandes forges… »

J'ai à nouveau soulevé mes paperasses.

« Ceux-là, ce seraient les voituriers que j'ai découverts dans mon arbre généalogique ?

– Sûrement. »

Mais il n'en avait pas fini avec le peuple de la forêt.

« Dans les bois, on trouvait aussi des ermites. Et des fous, des errants, des bardes itinérants, un mélange d'un peu tout. Tout un monde, la forêt. Un monde à part. »

Comme son ami, tout à l'heure, il avait insisté sur « à part » et parlé un peu plus bas, comme pour me préparer à des révélations plus dures.

Je n'ai rien dit. Il aurait pu se taire. Mais non, il est allé jusqu'au bout.

« Il y avait aussi les lépreux. Ils vivaient sous des huttes. »

J'ai arrondi l'œil.

« Ils vivaient de quoi, eux ? De la chasse ?

– Non, les gens de Cléguérec leur abandonnaient de la nourriture dans une maison située à l'écart du village. Les lépreux ne pouvaient pas sortir des bois avant la tombée de la nuit. Ils traversaient le Stang Ihuern dans le noir, gagnaient la maison et, une fois qu'ils avaient mangé, retraversaient la plaine jusqu'à leurs bois. Il fallait qu'ils soient remontés dans la forêt avant le jour.

– La Gorge de l'Enfer… C'est à cause d'eux ? »

Kermarrec n'avait pas l'air de savoir. Son ami non plus. L'un des deux, je ne sais plus lequel, a seulement précisé :

« C'est pour ça qu'il y a une chapelle de Sainte-Madeleine, au pied de la forêt. Sainte Madeleine est la patronne des lépreux. À l'intérieur, on trouve aussi une statue de saint Hervé, qui protège les hommes des loups. Les bois en étaient bourrés. Au siècle dernier, ils avaient souvent la rage. »

Et ce fut tout. L'Homme des Limites et des Tribus a aussitôt réembrayé sur ce qu'il savait de ma lignée.

Des souvenirs qui lui revenaient, comme tout à l'heure, par petits paquets désordonnés : « Votre famille, c'étaient des gens différents. Pragmatiques, et en même temps poétiques. Ils avaient quelque chose de très à part. Ils travaillaient très bien. Mais… disons qu'ils y mettaient quelque chose de plus. »

D'où il sortait ça ? J'aurais bien aimé savoir. J'ai pourtant préféré le laisser dévider telle quelle sa pelote de mémoire : une nouvelle vérité était en passe d'affleurer, je le sentais et ma question l'aurait empêchée de venir au jour. J'ai choisi une autre piste :

« Ce quelque chose de plus... Vous le définiriez comment ?

– Ils étaient pudiques, secrets. Tenaces mais sensibles. Et quand ils parlaient, c'était souvent pour dire "non". C'était leur force.

– Non à quoi, par exemple ? »

Je ne suis pas sûre qu'il m'ait entendue car il a poursuivi : « Des intellectuels. »

J'ai à nouveau brandi ma liasse de photocopies.

« Mais jusqu'à la génération de mon père, ils étaient illettrés ! »

Il a légèrement secoué la tête, l'air de dire que j'allais vite en besogne.

« On vous a dit ça. Mais là-bas, du côté de la forêt, ils savaient souvent écrire. En tout cas, dans votre famille, ils avaient beaucoup de tête. »

Puis il a laissé tomber :

« C'étaient des Noirs. »

# 4

Dès ma prime enfance, j'ai su que la Bretagne était divisée en deux couleurs ennemies. Non le *gwen ha du* – blanc et noir – du drapeau breton, mais deux couleurs aussi essentielles qu'irréconciliables : les Rouges et les Blancs.

J'ai sucé ça avec le lait : interdit de fricoter avec les enfants de Blancs, « le parti des curés ». Même chose pour les enfants de Blancs, pas le droit de frayer avec les filles et fils de Rouges, ceux qui allaient à l'« école du diable », l'école laïque ; ceux aussi dont les parents, aux jours d'élection, votaient « ouvrier » – personne ne disait « à gauche », dans nos milieux.

Cette farouche guerre des couleurs n'empêchait pas que les enfants de Rouges soient baptisés aussi bien que les Blancs. Ni qu'ils suivent le catéchisme et qu'à grands coups de passages à confesse ils soient admis à faire leur communion et leur confirmation : « On ne veut pas qu'ils soient embêtés plus tard quand ils se marieront », se justifiait mon père, comme la plupart des chefs de famille rouges. Ma mère enchaînait immédiatement avec l'argument massue, celui que seules les femmes étaient autorisées à proférer puisque, rouges ou blanches, elles avaient hérité avec leur sexe d'une connexion secrète avec les forces de l'au-delà : « Et puis comme ça, quand on est mort, on a le droit de passer à l'église. »

Car, Rouges ou Blancs, la grande affaire de la vie, c'était la mort. Ou plutôt « l'Autre Côté », ce qu'il y avait après, le Paradis ou l'Enfer.

Mais que venait faire une troisième « couleur » sur ma carte de Bretagne ? Je n'en avais jamais entendu parler ; comme pour les Rouges et les Blancs, il se cachait sûrement par là-dessous une affaire de politique. De religion, par conséquent. Noirs, ça empestait l'Enfer ; et puisque moins de dix minutes avant, avec le Stang Ihuern, nous avions déjà frôlé ces eaux-là…

Mais nous étions entre Bretons. Du même bord ou pas, nos repères étaient identiques. J'ai donc hasardé une phrase qui, passé Nantes ou Rennes, aurait été strictement incompréhensible : « Des Noirs… vous voulez dire… un genre de Rouges ? »

L'Homme des Tribus et des Limites a maintenu :

« Non, des Noirs.

– C'est-à-dire ?

– Des paganistes.

– Vous voulez dire des gens sans Dieu, des athées ? »

Il a traversé un petit moment d'embarras. Puis il a laissé tomber :

« Des protestants. »

Il y a eu quelques instants de flottement. Roland Le Bourhis et Kermarrec semblaient eux-mêmes surpris et ne disaient rien. J'ai risqué : « Mon père m'a toujours dit que mon grand-père était illettré. D'après lui, oui, c'était un homme extrêmement intelligent. Il m'a répété cent fois, par exemple, qu'il savait parfaitement compter. Même mieux. Selon lui, c'était un as du calcul mental. Ça, ça colle. Mais protestant… »

Le silence s'est épaissi. C'était le mien, autant que celui des autres. Je réfléchissais. Puis j'ai voulu argumenter : « Je savais qu'il y avait eu des protestants en

Bretagne, mais j'ignorais que c'était par ici. Et puis les protestants, en général, ils savaient lire, non ? »

L'Homme des Limites et des Tribus ne s'est pas laissé ébranler. Sa voix sûre s'est superposée à la mienne :

« Après Bot Er Barz et Boduic, quand vous dépassez Sainte-Brigitte, la route traverse la forêt. Sur la gauche, vous trouvez un chemin qui conduit au château des Salles. C'est l'ancien château des Rohan, le premier, celui des fondateurs de la dynastie, la place forte qu'ils ont édifiée quand ils ont eu la mainmise sur le pays…

– Vers 1100, ces eaux-là, a précisé Kermarrec, qui semblait avoir deviné où il voulait en venir. Un genre de brigands, les Rohan, en ce temps-là. Pas les princes qu'on a connus ensuite…

– Au XVIe siècle, a repris l'autre, le chef de cette vieille branche-là, celle des débuts, est devenu protestant ; et, à sa suite, tous les gens du coin. »

La discussion ressemblait maintenant à un chant alterné : dès qu'un des deux compères avait fini son petit couplet, l'autre, comme averti qu'il en avait terminé, prenait aussitôt le relais. C'était maintenant le tour de Kermarrec :

« Voilà pourquoi on vous a parlé de ce vieux château. Il y a là-bas les restes d'une chapelle réformée. Ça a duré cent ans, cette affaire de protestantisme, le temps que Louis XIV révoque l'édit de Nantes. À ce moment-là, ç'a été comme ailleurs, tout le monde a été forcé de redevenir catholique. Mais c'étaient des coriaces, je vous l'ai dit, les gars qui habitaient de l'autre côté du Stang Ihuern. L'Église a dû leur expédier des prédicateurs pour les ramener dans la vraie foi. Seulement les gens de Sainte-Brigitte et de Boduic, tous ces coins-là… Ils les ont foutus dehors.

– Ils se rebellaient contre le pouvoir français, le pouvoir central ? »

Cette fois, c'est l'Homme des Limites et des Tribus qui m'a répondu :

« Ils sont retournés à l'église, bien obligés. Mais quelque chose en eux s'est refusé à céder, ils se sont mis à détester les prêtres. Et ça n'a jamais cessé. D'ailleurs on dit encore "l'Île noire", quand on parle de Sainte-Brigitte et de Boduic. »

Il recommençait à tirer sur le fil invisible qui reliait ses souvenirs ; et moi, à remplir les pages de mon carnet. Mais d'un coup, mon stylo s'est figé au beau milieu d'une ligne. Il venait d'ajouter :

« Les gens de votre famille, c'étaient des gens qui se sentaient inférieurs. Alors qu'ils ne l'étaient pas. »

*

La couleur noire. Des marques, des traces indélébiles. Des gens repoussés derrière une rivière au nom qui sentait la mort. Des lépreux, des ermites, des hommes aux faces souillées par la vie au ras du sol, la terre, le charbon, la fumée. Plus des bardes, des fous, des errants, des pauvres entre les pauvres. Des images de l'Inde m'ont soudain traversée.

L'Inde que je connais, celle des forêts, comme par hasard ; où l'on relègue les tribaux et leurs dieux venus du fond des temps. Et, comme par hasard aussi, l'Inde des basses castes, des parias.

Puis j'ai repensé à ce que j'avais découvert deux jours avant, le monstrueux chaos de roches qui couronne la forêt. Quand j'avais distingué entre les arbres ce gigantesque amoncellement de quartzite d'un noir violacé, j'avais pensé que la Nature, dans ce pays, était depuis toujours en colère. Rocs fendus par le milieu comme sous la taille d'une Excalibur géante, blocs monstrueux explosés par le gel ou, au contraire, scellés, éperons en forme de colosses pétrifiés, de véritables tours de force – « tour » au féminin autant qu'au masculin. Au retour, j'avais rencontré une randonneuse ; elle m'avait expliqué que le sentier qui donne accès à cette prodigieuse place forte naturelle avait été tracé par les charbonniers. Elle m'avait aussi donné son nom. Il ne m'avait pas surprise : « Les Rochers du Diable ».

Était-ce cela, le Rien qui me hantait, une dynastie qui se savait née du mauvais côté du monde ? Un lignage écrasé par une fatalité qu'aucun de ses membres n'était jamais parvenu à conjurer autrement que par un incessant bouillonnement intérieur, une rébellion cachée, tout un monde de libres idées, dissimulées avec autant de rage que de soin, cette fureur secrète que j'avais toujours connue à mon père ; et dont la marque la plus déroutante, comme l'avait souligné l'Homme des Limites et des Tribus, était son extraordinaire austérité.

J'en ai eu le tournis. Pour tenter de me remettre – ce n'était sûrement pas la meilleure des idées –, j'ai fini d'un trait mon verre d'eau-de-vie.

La compagne de Le Bourhis était occupée à faire circuler les parts de tarte. À présent, au-dessus de la table, c'étaient les échanges à la fois chaleureux et un peu creux qui accompagnent toujours ces instants-là. Un petit rire m'a échappé. Ce n'était pas seulement l'effet de l'alcool. Je riais de moi-même : combien de fois, après la mort de mon père, à ces amis qui, connaissant la force du lien qui m'unissait à lui, m'avaient demandé à quoi il ressemblait, j'avais répondu : « Je dirais qu'il avait quelque chose de luthérien. »

Je savais sans savoir.

*

« Remonter aux origines », « remonter sa généalogie » : ce n'est pas pour rien que nous associons si spontanément l'image de l'ascension à la sorte de quête dans laquelle je venais de m'engager. On peine sur ces chemins-là, la côte est dure au pèlerin qui escalade la montagne du passé ; il a souvent besoin de s'arrêter pour souffler.

Et la vie n'est pas plus facile pour ceux qu'il rencontre et à qui il demande sa route. À eux aussi, ça finit par peser, toutes les questions qu'on leur pose. Le secret qu'il y a en haut de la montagne n'est pas le leur, après tout, ils ont assez à faire avec leur propre chemin, leurs propres secrets.

C'est ce qui se passe maintenant autour de la table de Le Bourhis. Par lassitude, d'un accord unanime et tacite, on prend le parti de respirer, on passe à autre chose.

Au début, j'ai du mal. À nouveau, ma gorge se serre : cette histoire de Noirs, ces stigmates, cette relégation, tout ce poids sur mon nom, est-ce que je me le trimballe, moi aussi ? Et si ma subite transformation en statue de sel, le soir de la remise des trophées, venait de là ?

Tiens, au fait, pourquoi ai-je choisi de remonter cette branche-là de mon arbre, pas les autres ?

Les cachotteries que m'a faites mon père, c'est sûr. Et les petits signes muets qu'il m'a parallèlement adressés de loin en loin, l'air de me dire : « Allez, cherche, ma fille, cherche ! » N'empêche, je pourrais aussi bien retracer le lignage de ma mère : des aïeux nommés Le Bouquin, quelle aubaine pour un écrivain !

Mais je n'en ai que pour mon père. Maintenant plus que jamais, où j'apprends qu'il se savait fils des terres du refus et du non, du pays des réprouvés, des humiliés, les bois et les pierres du Diable, de l'autre côté de la rivière de l'Enfer.

Je me reprends malgré tout. Je me remets au diapason des conversations. Christine, la compagne de Roland, vient de sortir un gros livre. Elle me le fourre sous le nez ; elle l'a ouvert à une page où s'étale un blason frappé de neuf losanges :

« Les armes des Rohan. Vous savez d'où elles viennent ? »

C'est comme le reste, je ne sais pas.

« Le vieux château des Salles, poursuit Christine. Celui dont Gégé vous a parlé tout à l'heure. Il est construit sur un filon de pierres très bizarres, les macles. Elles sont frappées naturellement de ces losanges parfaits et de croix elles-mêmes parfaites, dont les branches se terminent aussi par des losanges plus petits… »

En face de moi, Kermarrec griffonne déjà un croquis sur un bout de papier.

« Macles, c'est le nom qu'on leur donnait au Moyen Âge. Le nom scientifique, c'est chiastolite. Une pierre réfractaire, elle aussi. Une inclusion de cristal de carbone logée dans le schiste. »

Il me tend son dessin.

À sa seule vue, j'oublie la tragédie qui entoure le destin des Noirs. Je me détends, je me laisse emporter dans un autre univers. Je m'y sens tellement mieux que j'en retrouve l'usage de la parole :

« On dirait les ornements brodés des chasubles que les chevaliers passaient par-dessus leur cotte. Ça fait Arthur, Tristan…

– Vous ne croyez pas si bien dire ! exulte Kermarrec. Bien avant les Rohan, les premiers rois de Bretagne ont vécu là, Salomon, Connomor. Celui-là, il se dit que c'est le modèle du roi Marc, le mari d'Iseut. »

Il allonge l'index vers son croquis.

« Si vous allez vous balader dans les ruines du château, vous en trouverez partout, de ces pierres : la maison forte et les remparts sont bâtis sur le filon de macles. Il y en a même dans l'étang. Tellement qu'on dit que les poissons eux-mêmes ont leurs écailles frappées de losanges et de croix… »

C'est aussi cela, être breton : une prodigieuse aptitude à ressusciter et à accueillir la merveille. N'importe quand, dans les pires moments – surtout les pires. Je ne fais pas exception ; dès que je me laisse emporter par l'archaïque et enchanteresse marée de fantasmes arthuriens qui vient de déferler sur la table, mon anxiété s'évapore. En imagination, je suis déjà là-bas, à longer les remparts de la maison forte, je flâne sur les rives de l'étang pavées de macles et je cherche entre les ruines, aimantée par les losanges et les croix, la vieille chapelle des Noirs.

Le Bourhis, lui, ne perd pas le nord, il soulève sa bouteille.

« Encore un coup ?

– Encore un coup. »

*

On a terminé le repas au-dessus de nos verres d'eau-de-vie, en chantant. Des chansons qui n'avaient rien à voir avec ce qui s'était dit. Une de la côte, où les couleurs ennemies des Bretons se réconcilient dans la paillardise : « Les Lorientaises sont comme les homards, elles ont toutes des rubans rouges et noirs. » Puis une autre chanson qui n'avait rien à voir non plus, une fatrasie du pays de ma grand-mère Le Bouquin, « N'd in ket mui da Vrangoulo », célèbre dans tout le Morbihan. Ensuite, quand on a eu fini de brailler : « Les mouches qui étaient au plafond crevaient leur ventre de rire, job ! J'mis mon charrue sur mon dos, mes deux bœufs dans ma poche, job ! », on s'est quittés très gais.

N'empêche, de Le Bourhis à ses amis, ils avaient tous compris que c'était du sérieux, mon affaire ; et que maintenant que j'avais saisi le dernier fil qui reliait encore le passé au présent, je ne le lâcherais plus. Sitôt partie de Kerlann, ils le savaient, j'allais commencer à tirer dessus. De toutes mes forces, agrippée.

# 5

C'est ce qui s'est passé. Contre le Rien, j'ai joué la mémoire. Je me suis plongée dans les cartes, les guides, les photos que j'avais scannées après la mort de mon père. Et les livres, toutes sortes de livres. Puis j'ai saisi d'autres fils, ceux qui pendaient de la toile d'araignée d'Internet. Ils n'ont réussi à me ramener, malheureusement, que de pauvres bribes de ce passé étrange.

De sa petite valise de carton noir, j'ai alors ressorti la correspondance de mon père, ses carnets, ses papiers de la guerre, et je les ai relus, avant de retourner questionner mes cousins de Pontivy, les derniers bouts de lignée qu'il me restait dans le coin. Eux aussi se souvenaient.

Pour finir je suis allée réinterroger les lieux. Les champs, les pierres, la montagne, la forêt. Deux ou trois fois par jour, j'ai repassé la Barrière de l'Enfer. Car c'était là l'image qu'on associait ici au nom du Stang Ihuern, m'a appris mon cousin, l'aîné des deux Pierrot, quatre-vingt-dix ans, la taille étroite et sanglée dans un jean, même silhouette vive et mince que mon père, le crâne identiquement dégarni, le même visage aux traits fermes ; et cet œil, comme le sien, qui transperçait les êtres et les choses, au point que j'ai eu l'impression que c'était lui qui me disait : « *Stang*, ici, c'est quand tu n'as pas le droit de passer. Le barrage, la limite. »

L'autre Pierrot, son cadet de dix-sept ans, la rondeur même et des yeux bleu bonté, l'a approuvé d'un hochement de tête où se résumait toute une vie d'observation patiente : « Cette rivière-là, le Stang Ihuern, c'est vraiment une frontière. De ce côté-ci, Cléguérec, Pontivy, les terres sont chaudes. Mais de l'autre bord, celui de la forêt, elles sont froides. D'ailleurs c'est bien simple : l'hiver, la neige ne va pas plus loin que le Stang Ihuern. Elle ne passe pas. Elle reste là-bas. »

J'aurais dû m'en souvenir : en Bretagne, l'Enfer est froid. Un océan glacé. Nos terres flottent dessus. C'est là-dessous que sont expédiées les âmes qui se sont fâchées avec le Ciel. Condamnées à y errer pour l'éternité.

*

À plusieurs reprises, les jours suivants, je suis allée rôder par là, au long de la frontière qui sépare les terres chaudes des ventres pleins et le pays des pierres, de la faim, du fer, de l'Enfer. Le Stang Ihuern n'est qu'un gros ruisseau un peu vif. Il se franchit facilement, sur un joli pont ; il faut beaucoup d'imagination pour y voir l'œuvre du diable, contrairement au chaos de roches qui couronne la montagne. Pas l'ombre d'une gorge ni d'une falaise. Si Enfer il y eut, il ne fut pas dans ses eaux mais dans la vie de misère que les gens menèrent dans la forêt ou à son abord ; et dans l'image que les miens se faisaient d'eux-mêmes quand, revenant de Cléguérec, ils regagnaient leur pays froid, boisé et pierreux : « Ils se croyaient inférieurs alors qu'ils ne l'étaient pas », m'avait dit l'Homme des Limites et des Tribus.

Cette phrase m'obsédait au point que ma vie a fini par prendre un tour assez erratique. Dans ma chambre d'hôtel, pendant quelques jours, je suis allée de mon ordinateur à mes cahiers, cartes d'état-major, liasses de photocopies d'état civil, et encore à mes guides et à mon ordinateur, avant de repartir comme je l'avais fait la veille à l'assaut des vicinales, où je m'arrêtais devant des calvaires, chapelles, fontaines, manoirs que j'avais déjà vus et photographiés deux ou trois fois. Ils m'angoissaient : « Qu'est-ce qui me relie à ces pierres ? Mes ancêtres maçons ? Ils les auraient taillées, sculptées ? Qu'est-ce qui peut me le prouver ? Aucun nom, plus de traces. Ces morts me pompent le sang… »

C'était l'aspiration du Rien, une fois de plus, son fatal siphon ouvert sur le néant. Mais l'instant d'après, tout aussi irrésistiblement, j'étais soulevée dans l'autre sens, soufflée par la beauté d'un lavoir, d'un sentier, d'une nouvelle chapelle. Ou plus simplement d'un arbre, d'un rocher, d'un chemin creux miraculeusement réchappé des bulldozers du remembrement. Je m'entendais murmurer : « On n'imagine pas, on n'imagine pas… »

De fait, la réalité était souvent à ne pas croire. Je recommençais pourtant à me cabrer : « J'ai sûrement des choses à faire, du côté des vivants, plus importantes, plus urgentes. Est-ce qu'on vit pour les morts ? Ils me tirent par les pieds, il faut que ça cesse ! Je perds mon temps… »

Un matin, je suis restée une demi-heure à tournicoter devant une masure qu'on m'avait indiquée comme étant celle de mon arrière-grand-père. Une jeune quadragénaire m'avait mise sur sa piste – preuve, s'il en faut encore, que la mémoire est à Cléguérec d'une vivacité hors du commun. Séance tenante, je m'étais lancée à sa recherche et je l'avais trouvée sans difficulté. Mais la maison était entièrement mangée par le lierre, impossible d'y entrer. Asphyxiés par la végétation, ses murs et son toit s'affaissaient dangereusement. De la petite bâtisse, on ne distinguait que la forme : celle, caricaturale, d'une fermette de bande dessinée. Qu'est-ce qui me retenait là ? Le nom du lieu-dit, Bot Er Barz, l'Abri du Barde ? Le fantasme des colporteurs de rêves qui erraient dans la forêt aux côtés des charbonniers et des lépreux ? Le secret désir qu'il y en ait eu, de ces bardes, dans ma lignée, à l'origine de ce que l'Homme des Limites et des Tribus avait appelé son « côté poétique » ? Quelque chose qui pourrait justifier mon chemin d'écrivain ?

J'avais furieusement envie d'y croire. Seulement le fil était coupé, il s'arrêtait au pied de ces murs étouffés de lierre. Une fois de plus, je me suis sermonnée : « Cesse de rêver, va-t'en, laisse tomber ! »

Mais je trouvais toujours un prétexte pour continuer. Ce fut ce jour-là, de l'autre côté de la route, la façade tout en longueur d'une immense longère percée d'une porte unique. À ne pas croire, une fois de plus : elle dessinait la même et pure ogive que celles qu'on trouve dans les manuscrits des vieux romans de chevalerie.

Je me suis encore répétée : « On n'imagine pas... » puis je suis restée un long moment à fixer cette porte. Habitée par une nouvelle interrogation : « Mon père l'a nécessairement vue, cette ogive, puisque son père Gwerann est né à deux pas d'ici ; et sur un de ses carnets, à la date du 10 juin 1945, j'ai trouvé la mention "Bot Er Barz". Toute une partie de sa famille, tantes et cousins, vivait encore là… Il ne m'a pas parlé d'eux, pourquoi ? Et lui qui aimait tant les pierres et la beauté qu'on peut en tirer, pourquoi ne m'a-t-il jamais emmenée ici ? On aimait tant s'émerveiller ensemble… Pour la soue, je comprends. Mais ici… Tout juste si, deux ou trois fois, il a prononcé devant moi le nom de la forêt, tout juste s'il m'a dit : "Quénécan..." avec un soupir dans la voix... »

C'était le deuil. Ce lent accouchement des morts par quoi nous devons passer si nous voulons continuer à vivre, vivre vraiment : étourdiment présents à l'instant comme nous faisions, enfants. Sept ans que mon père était mort, je croyais que c'était de l'histoire ancienne. Mais non : comme au lendemain de sa disparition, je me retrouvais poumons bloqués, gorge nouée. Avec, parfois, les mêmes subits accès de larmes.

Mes nuits, cette semaine-là, ont été courtes et mauvaises. Mais pas désertes, ça non ! Peuplées, tout au contraire, des lieux que j'avais vus ou revus le jour d'avant, l'église des lépreux à l'orée de la forêt, le sombre chaos de quartzite en haut de la montagne, les mégalithes égarés entre ses arbres et ses ronciers, les fermes, les manoirs en pierre bleue de Boduic, les chapelles noyées dans les bois de Perret et Sainte-Brigitte, les photos de famille, les lettres que j'avais engrangées dans la docile mémoire de mon ordinateur, les récits des uns et des autres, ceux de mon père, de mes cousins, des gens de la mairie. Ou de quelqu'un d'autre, je ne savais plus.

Je me suis souvent réveillée avec une phrase ou une réminiscence en tête. Je courais la noter dans la fièvre du drogué en manque ; et quand je me rendormais, c'était pour retrouver le même peuple muet qui allait et venait dans l'espace indéfiniment mouvant du rêve, errant et fragile, comme je l'avais été pendant la journée. Parfois aussi il disparaissait, et c'est moi qui prenais toute la place. Je me suis ainsi vue repasser le Stang Ihuern pour me rendre à une fontaine de Cléguérec où, quelques jours avant, quelqu'un m'avait dit : « Enfant, comme tous les gamins du pays, votre grand-mère y a emmené votre père pour qu'il boive l'eau du *nerzh.* » « La force », m'avait traduit mon interlocuteur. J'avais déjà compris : avec ce mot breton, j'avais cru réentendre mon père quand il me houspillait, petite fille : « Allez, du nerf ! »

Mes jours et mes nuits se sont étrangement confondus durant ces quelques jours où j'ai mis mes pas dans ceux de ma vieille et muette tribu. Muette, est-ce si sûr ? Chaque matin, je me suis réveillée avec la sensation d'avoir reçu dans la nuit des bribes de messages ou d'avertissements. Mais des révélations qu'ils m'avaient faites, aucune idée.

*

Le moment le plus lourd que j'aie traversé fut, à ma grande surprise, l'après-midi de grand soleil où je me suis engagée dans le chemin forestier qui mène au vieux château des Rohan. Plus je m'approchais de la maison forte et des remparts à demi écroulés qui l'encerclaient, plus je me sentais anxieuse. Pourtant tous les dix pas, ainsi qu'on me l'avait annoncé, je tombais sur les merveilleuses macles, frappées, comme on me l'avait aussi promis, de leurs croix et de leurs losanges parfaits.

J'avais appris la veille qu'elles étaient censées donner force et décision à qui en portait sur soi. J'en ai ramassé une. Ça n'a pas amélioré mon état. J'ai même cru toucher le fond quand je me suis mise à chercher, derrière les fenêtres à meneaux de la maison forte, les restes de la chapelle réformée des Noirs. « C'est le Val Sans Retour des chevaliers de la Table ronde, me suis-je entendue penser. Tout ce passé, un labyrinthe. Je ne m'en sortirai jamais. »

L'endroit, c'est vrai, à l'image des hauts lieux de la geste d'Arthur, était aussi sinistre que somptueux. Les eaux placides de l'étang proche semblaient grosses d'une traîtrise ; au cœur de la maison forte, des poutres effondrées et vermoulues laissaient entendre que le reste de la charpente pouvait suivre d'une minute à l'autre. Les murs, sous l'effet de l'humidité, étaient d'un vert d'enluminure, brutal et venimeux comme celui qu'on voit aux dragons menacés du glaive de Perceval, Lancelot, Merlin l'Enchanteur. Pour tout dire, ça sentait le revenant.

Rien d'étonnant : depuis mon déjeuner chez Le Bourhis, j'avais fait des recherches ; et appris qu'à la fin du Moyen Âge plusieurs femmes avaient été séquestrées dans les donjons des remparts pour cause d'amours qui menaçaient la dynastie. Il y avait eu aussi des morts violentes, des exécutions, des assassinats ; et, bien entendu, toutes sortes d'ennemis avaient été emprisonnés dans des culs-de-basse-fosse jusqu'à ce qu'ils en crèvent.

Le vent – un vent de printemps, bien doux, bien tranquille – s'est levé ; il a fait frémir, dans les arbres, les feuilles sèches d'un très lointain automne. Pendant quelques secondes, j'ai eu l'impression que le temps se contractait et je me suis encore assombrie. « Je ne trouverai jamais, tout ce passé est trop lointain. Qu'est-ce qu'il y a à trouver, de toute façon ? »

Je suis ressortie de la maison forte. Mais après le désarroi, comme toujours, vint aussitôt la merveille : un rai de soleil, sur une macle, réveilla une traînée de cuivre et, fugacement, la métamorphosa en filon d'or. Mouvement désormais réflexe, je me suis demandé : « Mon père… Est-ce qu'il est venu ici, est-ce qu'il a vu ces pierres ? »

Imaginatif, curieux, fantasque comme je l'avais découvert dans les poèmes et récits qu'il avait écrits pendant sa captivité en Allemagne, c'était plausible ; je le voyais bien en maraude dans les parages, ne serait-ce que pour vérifier que les poissons de l'étang avaient bien leurs écailles frappées d'un losange et d'une croix, ainsi que tout le monde le disait dans le pays. Enfin le château des Salles, c'était le repaire et l'origine des Noirs. Mais connaissait-il seulement toute cette histoire ? Et maintenant qu'il était mort, comment savoir ? Même réponse que les jours précédents : « Trop tard. Plus jamais. »

La nuit fut encore plus courte que les précédentes, plus hantée aussi par les allées et venues de tout ce peuple d'ombres qui s'entêtait toujours à me parler sans me parler. Au matin, l'appétit coupé face à mon petit déjeuner, j'ai soupiré : « Ça ne peut plus durer. » Et j'ai décidé, comme on dit, de me « faire aider ».

Ma chance fut de tomber sur un homme qui savait tout des chemins où je m'étais risquée, au point que je l'aurais bien fait, dans la minute, président du Club des Amis des Traces. À ma plainte, il a répondu par un rire : « Mais ça se passe toujours comme ça quand on va voir les Esprits ! »

Les Esprits : on s'était compris. Il donnait à ce mot le même sens que moi : le poids de la lignée sur nos vies, les morts qui parlent en nous. Et leur entêtement à se faire entendre, à nous expédier des signes – en l'occurrence, l'angoisse qui venait de me prendre à ses filets.

Car les messages des morts, rien à voir avec ceux qu'on prête aux esprits frappeurs des tables tournantes ; non plus qu'aux ectoplasmes en tout genre qu'a forgés l'imagination humaine. Ceux-là, comme leur nom l'indique, ne sont qu'enveloppes vides. Partie sur les traces de mon père, je ne cherchais pas un fantôme, mais un être de chair et de sang. Il me fallait l'extirper de l'invisible, seulement forte des quelques éclats de mémoire que je venais de réunir. Mais je devais aussi, pour lui rendre chair et sang, cesser de dévider à l'infini la pelote du passé. Me mesurer à l'absence, la provoquer en duel, noircir les blancs laissés par la parole. Habiter, à mots nus, les silences des lettres, des carnets, des photos, des lieux, des récits.

Donc maintenant, reconstitution.

# 6

Les Esprits prennent chair. Je les vois maintenant aller et venir de l'une à l'autre rive du Stang Ihuern, là où se meurt, avec la forêt, la longue et vieille échine de la Bretagne. Et par-dessus la plaine et les bois, une géante vient de s'emparer du ciel, la première passion de mon père : Marie-Anne Le Bihan, sa mère.

Marie-Anne, c'est mon second prénom. Dans ma fratrie, je suis la seule qui soit rattachée aux ancêtres. Mon frère et mes sœurs, classiquement, ont été mis sous la protection de leur parrain ou de leur marraine. Des vivants, des contemporains. Moi, j'ai été placée sous l'aile d'une morte. Une femme que je n'ai jamais connue : à ma naissance, elle n'était plus de ce monde depuis des années.

Maintenant que j'y songe, mon père, lorsqu'il l'évoquait, s'arrêtait souvent pour lâcher, pensif, son nom de jeune fille : « Marie-Anne Le Bihan… » C'était sans doute ainsi que les gens du village appelaient sa mère. Alors même qu'ils l'avaient toujours connue mariée à Gwerann Le Pohon puisqu'elle l'avait épousé à dix-huit ans et qu'elle en avait quarante et un lorsque mon père était né.

« Dixième de dix ! » comme il s'exclamait toujours au moment d'ouvrir le récit de sa vie. Façon de souligner à quel point il se sentit, dès le début, isolé, perdu dans sa tribu. Deux décennies le séparaient des aînés, Pierre et Joachim. Ensuite naquirent, à intervalles réguliers, quatre filles et un autre fils, Joseph. À l'abord de la quarantaine, Marie-Anne Le Bihan fatigua. Une petite ne vécut que quelques heures, une autre mourut à dix-huit mois. Elle croyait en avoir fini avec les naissances quand, trois ans plus tard, surgit le dixième de dix.

On était le 23 septembre. Gwerann vénérait les nombres, ça le rendit très perplexe. Il était né un 23, Marie-Anne Le Bihan aussi ; et il l'avait épousée un autre 23, vingt-trois ans plus tôt. C'est aussi ce vingt-trois-là qu'il avait quitté l'Abri du Barde et s'était installé du bon côté du Stang Ihuern, dans un petit hameau en surplomb sur la plaine. Ça ne l'avait pas rendu plus riche, loin de là. Avec leur ribambelle d'enfants, sa femme et lui s'étaient enfoncés dans la misère.

Bon signe, mauvais signe, ce nouveau 23 ? Sept semaines plus tôt, la guerre avait éclaté ; ses deux aînés avaient été envoyés sur le front de l'Est pour « en finir avec les Boches ». Allaient-ils revenir ? Et le dixième de dix, le verrait-il seulement grandir ? Dans quatre mois il aurait cinquante ans, l'âge où les hommes, sur la bonne rive du Stang Ihuern comme sur la mauvaise, se mettaient à passer de l'Autre Côté.

La naissance avait épuisé Marie-Anne Le Bihan mais elle a tout de suite vu que Gwerann était retourné s'abîmer dans le gouffre des nombres. Elle l'a houspillé : « Cesse de te casser la tête ! Pour le dixième, ce sera comme pour les neuf autres ! Et comme pour toi, comme pour moi ! Marche ou crève ! »

Ça n'a servi à rien, les yeux de Gwerann sont restés l'otage du mystérieux 23. Elle s'est alors extraite de son lit et, vaille que vaille, a recommencé d'aller et venir de ses bêtes à son puits et ensuite de son feu à l'enfant, et encore à son puits, à ses bêtes. Dès le lendemain, on l'a revue dans son champ, comme avant, nuque hardie, épaules bien rejetées en arrière, coiffe raide d'amidon, mettant le ciel au défi de s'en prendre aux quatre fils qu'elle avait désormais et aux quatre filles qu'il lui restait, Joséphine, Marie, Jeanne et Thérèse.

Pour les prénoms des filles, c'était comme ceux des garçons : ni elle ni Gwerann n'avaient jamais eu d'imagination ; et les deux fois qu'ils en avaient trouvé qui sortaient de l'ordinaire, Émilie et Louise, les enfants étaient morts. Pour le dixième de dix, du coup, ils avaient décidé d'aller au plus simple. Une seule syllabe et pas d'autre prénom derrière, Jean, rien que Jean. En breton, ça se perdait dans le cours des phrases, *Yann*, ça sonnait dru et rude comme les autres mots, impossible que ça attire l'œil de la Mort.

*

Ses deux frères aînés resteront longtemps pour lui des inconnus, exilés qu'ils sont au pays qui fait baisser les yeux des gens dès qu'on en parle, parfois même jaillir des larmes : la guerre. Quant à Joseph, une fois son certificat d'études en poche, il est repassé du mauvais côté du Stang Ihuern. Gwerann, après lui avoir transmis, comme à Pierre et à Joachim, ses secrets de maçon, l'a expédié à l'Abri du Barde, où vit encore une partie de sa tribu, près de la coulée de pierres bleues. Depuis l'âge de treize ans, il y survit comme il peut en réparant ici et là des murs qui s'écroulent, de vieux conduits de cheminée.

Les quatre filles, elles, dans l'attente d'un mari, louent leurs bras. Comme Joseph, elles prennent ce qu'elles trouvent, encore heureuses si elles trouvent. Du linge à laver, un champ à sarcler, une récolte de pommes de terre à ramasser, quelqu'un qui demande du renfort pour servir à table un jour de noces ou de moisson. Le reste du temps, elles vivent dans l'ombre de leur mère et filent doux.

Immense, l'ombre de Marie-Anne Le Bihan. La quarantaine et toujours la plus belle femme du pays. Le jarret vif, le dos jeune, une peau comme on n'en a jamais vu chez une miséreuse, pas une ride. Quand on lui demande comment elle fait pour rester aussi alerte après dix enfants, elle vous rit au nez. « Ma mère, elle, en a eu quinze ! » Jamais malade, avec ça, pas de boiterie, pas le premier début de rhumatismes. Une force de la nature, le nerzh à l'état pur.

*

L'aîné des deux Pierrot, le jour où je l'avais interrogé sur elle, avait très longuement pris son souffle, tel le cycliste à l'abord d'une côte particulièrement redoutable. Puis il s'était écrié : « Holà, elle ! Très forte ! Et grande, alors là, très grande ! Elle faisait au moins un mètre soixante-dix ! »

J'avais émis un doute : nous sommes petits, dans la famille ; et dans la Bretagne de l'époque, peu de femmes atteignaient cette taille. En breton, du reste, *bihann* veut dire « petit ».

Mais Pierrot persista et signa : « Non, non, elle était très grande ! Et très forte ! Pas seulement au physique, au moral ! Elle ne pliait jamais. »

Voilà sans doute pourquoi je la vois partout, depuis mon retour de Bretagne. Pour un peu, comme Pierrot, j'en serais à me remplir les poumons avant de parler d'elle. Car il ne me l'a pas dit, mais c'est tout comme : dès que Marie-Anne Le Bihan paraissait, dans l'âpre pays de Cléguérec, on ne voyait plus qu'elle. Ce n'était plus à la terre, aux pierres, à la pluie, au vent qu'il fallait se mesurer, mais à elle. Elle vous mangeait le ciel.

*

D'elle, je n'ai qu'une seule photo. Un cliché de groupe. Sur l'ordinateur où je l'ai scanné, je n'en finis plus de le grossir à la loupe électronique.

Elle a dû se ruiner pour payer le photographe mais ce 5 novembre 1921 est à marquer d'une pierre blanche : elle case d'un coup deux de ses filles, Jeanne et Marie. Ça n'a pas dû être difficile, elles sont d'une grande beauté.

Elle s'est placée au premier rang, à la droite de Marie. Derrière elle, l'encadrant telles des suivantes, Thérèse et Joséphine. Elles, deux boulottes plutôt communes. À sa gauche, le dixième de dix. Il vient de fêter ses six ans.

J'ai du mal à identifier ses quatre fils. D'après Pierrot, Joseph n'était pas là ; à cette époque-là, il s'était engagé dans la marine. Joachim, semble-t-il, est le petit homme sec qui entoure l'épaule de Joséphine, comme pour la retenir. Pierre est le solide gaillard muni d'une chaîne de montre qui tient bras dessus bras dessous une femme aux traits tellement tirés qu'on en oublie la grâce de sa coiffe du pays de Guémené.

J'ai vérifié : à cette date, aucun des frères du dixième de dix n'a plus de trente ans. Tous ont pourtant l'air d'en avoir cinquante. Sur cette photo, seule Marie-Anne Le Bihan semble fraîche et rose. Et cet air de défi ! Un lutteur avant l'attaque, comme Le Bourhis devant sa vieille récolte de chanvre. Et le même sourire. Comme lui, elle semble prête à lancer : « Si tu ne m'aimes pas, dégage de ma vue. »

Là encore j'ai compulsé les actes : dans sa lignée comme dans celle de Gwerann, il y a des Noirs ; et elle soutient comme son mari le parti qui n'aime pas les prêtres. Mais elle, elle est deux fois rouge : une branche de sa tribu vit toujours dans des villages où, sous Louis XIV, ça a méchamment chauffé contre les Français. Le roi avait écrasé la Bretagne sous les impôts, taxé le sel, le tabac, la moindre paperasse de notaire. Les paysans se sont soulevés ; et pour que les gens de Paris se mettent bien dans la tête qu'il ferait beau voir que les Bretons paient leurs impôts, ils se sont coiffés de bonnets aussi rouges que leur colère. Dans cette guerre, pendant que les hommes, contre les abbayes et les châteaux, brandissaient leurs faux, les femmes, elles, depuis l'arrière, insultaient les Français et propageaient l'incendie de la révolte. Quand l'ennemi a triomphé, plus d'une a fini pendue. Ainsi s'éteignit la plus ancienne des libertés armoriques : le droit des femmes d'ici, intact depuis les druides, de se choisir un mari sans demander l'avis de personne.

De cette rébellion, il est resté quelque chose à Marie-Anne Le Bihan. Une forme de colère qui la distingue de Gwerann : elle n'a pas la colère noire, elle, mais la colère rouge. La colère noire est pensée. Mûrie pendant des jours, pendant des semaines parfois. Quand elle trouve enfin ses mots, elle n'explose pas, elle sort sèche. Drue, brève. L'autre, la rouge, elle vous embrase la tête en une seconde. Dès lors, plus rien à faire, sauf attendre que l'incendie ait tout détruit sur son passage. On n'a jamais raison avec la colère rouge, on n'en réchappe pas. Surtout si elle sort de la bouche de Marie-Anne Le Bihan : ce n'est pas qu'elle crie, c'est qu'elle a le mot qui tue. Et de ces mots, il y en a un par phrase.

Même avec les hommes, surtout avec les hommes. Le pire, ce sont les semaines d'élections : elle en crève, de ne pas pouvoir, comme eux, aller glisser son bulletin dans l'urne. Un soir de vote, le chef des Blancs a eu le malheur de la chambrer là-dessus, en pleine place de Cléguérec, devant le café où les hommes étaient à boire le coup en attendant les résultats.

Pour une fois, elle n'a rien répondu. On a pensé qu'elle avait trouvé son maître. Mais lors du dépouillement, quand tous les hommes, Rouges et Blancs, ont suspendu leur souffle au-dessus des bulletins qu'on extrayait des urnes, elle s'est glissée dans le bureau de vote où, pourtant, les femmes ne s'aventurent guère. Elle s'est approchée à pas de chat, a sorti des plis de sa jupe les ciseaux de couturière qu'elle attache chaque matin à un ruban lui-même arrimé à sa ceinture. Puis elle a découpé, de bas en haut et d'un seul coup de ciseau, le gilet de son Blanc.

Du grand art : sa victime n'a rien senti. Un quart d'heure plus tard, non seulement les Blancs avaient perdu les élections mais leur chef sortait du bureau de vote avec le gilet fendu. Il ne s'était aperçu de rien. Tous les Rouges se sont foutus de sa gueule et, après eux, le reste du village.

Il ne s'en est jamais remis. Ce n'était pas le prix du gilet, mais ce qu'il représentait : l'orgueil du mâle. Une femme l'avait réduit à néant. Avec – et ce fut sans doute le plus infamant – de simples outils de femme, la ruse, une paire de ciseaux.

*

Depuis, les gens du village ont tendance à confondre Marie-Anne Le Bihan avec la statue de la Liberté qui, pareille à l'américaine, coiffée d'un diadème de piques, pointe son flambeau vers le clocher de l'église.

Ce sont les Rouges qui l'ont érigée. Marie-Anne Le Bihan avait dix ans quand ça s'est passé, elle a tout vu et, comme chacun dans le pays, ça l'a marquée.

Cent fois moins grande que celle de New York, la statue, et cent fois moins grosse. Seulement Cléguérec l'a eue quatre ans *avant* les Américains et ça, ça rattrape tout. « Si elle parlait, ce serait Marie-Anne Le Bihan ! » s'est écrié le soir du gilet un Rouge qui avait un coup dans le nez. Il a aussi juré qu'il avait vu sortir de sa coiffe les mêmes grandes pointes qu'à la statue de la Liberté.

On l'a fait taire, les Blancs auraient pu le prendre mal. Mais depuis, dès qu'on croise Marie-Anne Le Bihan, on fait silence.

Plus du tout le silence d'avant, celui du Rien, le mépris où, sitôt qu'on les aperçoit, on noie les miséreux. C'est l'autre, maintenant, celui qui tombe comme du granit bien taillé, le silence du respect.

Dieu lui-même, de toute façon, a plié devant Marie-Anne Le Bihan. Le soir de la guerre où Gwerann, penché une fois de plus au-dessus du gouffre du 23, lui avait annoncé, à la suite d'une infernale série d'additions, soustractions, multiplications mentales, et peut-être même de divisions, que leurs deux fils finiraient comme tant d'autres gars de Cléguérec, déchiquetés par les obus ou, pire encore, gazés, elle s'était plantée devant lui. « Tu crois ça, toi ? Mais les saints d'ici sont arrivés sur des bateaux de pierre et s'ils ont pu faire ça, ils peuvent bien me rendre mes fils ! Il suffit que je m'y prenne bien ! »

Et elle s'y est, dans la foulée, magnifiquement prise : pendant une année pleine, une fois par mois, on l'a vue partir s'agenouiller devant les saints en question, chacun son tour dans leur chapelle, Molvan, Guérec, Mérec, Mériadec, et les autres jusqu'à ce qu'il y en ait douze, avec chaque fois la même prière, ni *Pater noster*, ni *Ave Maria*, ni aucune autre, mais la sienne, seulement la sienne, la même pour tout le monde pour qu'il n'y ait pas de jaloux : « Je te donne une motte de beurre et une douzaine de crêpes, et toi tu me rends mes fils vivants. Je m'en balance, que mon beurre et mes crêpes aillent à tes curés. Ce qui compte, c'est que tu saches le prix que ça me coûte ; et que je crois à l'Autre Côté. »

Ça a marché, ses deux fils sont rentrés sains et saufs des tranchées, alors que des dizaines et des dizaines de gars de Cléguérec y sont restés, à commencer par six Le Bihan. Alors depuis ça, journée ordinaire ou matin des doubles noces, elle touche le ciel, Marie-Anne Le Bihan, dès qu'elle sort de sa maison de Kerauter, une seule pièce pour la tribu, y compris, derrière une petite cloison, la vache, le cochon et les poules.

Il est comme tout le monde, le dixième de dix ; lorsqu'il la voit remonter le chemin qui mène au village, il ne voit plus qu'elle, nerzh en marche, nerzh fait femme, toutes les révoltes du monde dans ses jupes, colère trois fois : une, parce qu'elle est noire, deux, parce qu'elle est rouge, trois, parce qu'elle descend des Bonnets rouges.

Peut-être même quatre, d'ailleurs, parce qu'elle est femme et qu'elle est belle : depuis ses quinze ans, combien d'hommes repoussés à coups de pied, coups de poing et coups de ciseaux, combien de « Bas les pattes ! ». Devant elle, seul Gwerann a trouvé grâce.

Le dixième de dix est tout petit mais il sait pourquoi, elle le lui a dit : son père avait un œil de hibou. Et quelque chose d'encore plus rare, une étincelle dedans.

Elle avait appelé ça un « petit grain de folie ». Avant d'ajouter, radieuse comme une jeune fiancée : « C'est ça qui m'a plu. »

L'étincelle, longtemps, mon père l'a eue dans l'œil. Mais lui, par intermittence. De loin en loin, j'ai vu ses yeux couleur de miel virer à l'or que le soleil avait réveillé dans les macles, l'après-midi de ma visite à la vieille maison forte.

Quand ça se produisait, je savais qu'il était entré dans un autre monde, son château d'imagination, un labyrinthe de rêves qui n'appartenaient qu'à lui, ou alors aux errants qui peuplaient encore la forêt du temps de son enfance, ces conteurs illuminés qui venaient de temps à autre à Cléguérec en proclamant qu'ils descendaient de l'Enchanteur Merlin. Ils finissaient par lui ressembler, à force de le hurler à tous les vents.

L'étincelle, je l'ai aussi vue à certains des miens, je l'ai peut-être moi-même, de temps à autre. J'aimerais bien être sûre que c'est par Gwerann qu'elle nous est venue. Mais je ne saurai jamais, je n'ai pas de photo de lui. Le jour du double mariage, il était mort.

C'était arrivé six mois plus tôt. Mon père ne s'est jamais souvenu au juste de quoi. Il m'a simplement dit, avec les mots de là-bas : « J'avais six ans quand il est allé sur sa fin. »

Ce n'est pas le 23, en tout cas, qui a eu sa peau, il est mort un 5 de juin à force de s'être tellement rongé les sangs pour ses fils pendant la guerre. Sa femme avait le nerzh. Lui, l'étincelle. Seulement l'étincelle, ça vous emmène aussi souvent vers le gouffre que vers le ciel. Sans compter qu'il avait travaillé si dur aux champs, en ces années où la guerre vida le pays de tous ses jeunes. Trop de pierres soulevées, aussi, depuis l'enfance, trop de pierres taillées et assemblées par tous les temps. Tout ça pour se retrouver à l'armistice encore plus pauvre qu'avant.

Gwerann est donc passé de l'Autre Côté. Mais Marie-Anne Le Bihan a persisté à défier le ciel. À faire celle qui traverse le fer et le feu. Le feu, ce fut la douleur de perdre Gwerann. Le fer, sept mois avant, ç'avait été le jour de Toussaint où Joséphine, l'aînée de ses filles, était venue lui annoncer qu'elle s'en allait au large.

*

Le large : les terres qui ne sont pas la Bretagne, celles où la vie est tellement plus facile. Les pays sans dignité où l'argent coule à flots, t'as qu'à te baisser pour ramasser.

Le large de Joséphine s'appelait Paris. Et Allanic. Un type du village qui voulait faire sa vie là-bas.

Marie-Anne Le Bihan, jamais les yeux dans ses poches, était au courant depuis le début. Elle s'était même débrouillée pour apprendre ce qu'Allanic avait dit à sa fille : « Tu vas pas rester moisir ici ! De la vieillerie, Cléguérec ! »

Quand elle avait su ça, une fois n'est pas coutume, elle avait fait une colère noire. Mâchonné et remâchonné sa fureur en silence pendant des semaines. À la longue, miracle ! sa colère s'était éteinte. Non, Joséphine n'oserait jamais tourner le dos à son destin de fille moins belle que les autres : rester au pays pour faire assurance-vieillesse de sa mère une fois que Gwerann serait passé de l'Autre Côté. Car dès la Toussaint, chacun l'avait su, il s'en allait vers sa fin.

Marie-Anne Le Bihan était d'autant plus sûre de son fait que, de longue date, elle avait mis Joséphine en garde, et sa sœur Thérèse par la même occasion : « Vous resterez ici, marche ou crève ! Et n'allez pas croire que ça va changer quand votre père sera en terre. Moi aussi, du jour au lendemain, je peux me retrouver de l'Autre Côté ! Et vous, ce jour-là, bien obligées de vous occuper de votre petit frère en attendant qu'il ait un métier dans les mains ! »

Mais Joséphine voulait son Allanic. Lequel, avec ou sans Joséphine, voulait le large. Le jour de la Toussaint, sur le seuil de la maison, une musette d'homme au bout du bras, elle a froidement jeté à sa mère : « Je pars. »

Dans la seconde, Marie-Anne Le Bihan a explosé. Elle a commencé, grand rouge, par passer sa fille au lance-flammes du Grand Cri de la Malédiction : « Honte, honte rouge sur toi, va te cacher, va te cacher ! » Puis elle a avisé sous une grange un tas de pommes, a bondi dessus, en a rempli son tablier et a ouvert la mitraille.

Il y avait des pommes pourries dans le tas, mais elle n'a pas fait la différence, tant sa colère était rouge. Elle n'a cessé de bombarder Joséphine qu'à l'instant où elle est sortie de sa vue.

Quinze jours après la mort de Gwerann, sa fille a épousé son Allanic. À Paris, sans lui demander son avis et sans personne de la famille. Thérèse, les jours suivants, s'est mise à parler de large. Le même que Joséphine, sans doute, Paris, rêvant de s'y marier avec le premier Allanic venu. Peut-être même pire, avec un Français.

Mais le jour des doubles noces elle s'en fout, Marie-Anne Le Bihan. Elle a demandé à Pierre d'inviter Joséphine au mariage ; et, comme elle l'avait prévu, à la seule idée de pouvoir parader devant toute la tribu, la fille prodigue a quitté son large et, sitôt débarquée sur le quai de la gare de Pontivy, est allée s'acheter un tablier de satin rayé. Puis elle a bien pris soin de se présenter chez sa mère dans le costume de la dignité, coiffe et jupe à gros plis.

Marie-Anne Le Bihan a fait comme si rien ne s'était passé. Il faut dire qu'elle n'avait pas le choix. Comme sa fille, elle avait un homme en tête. Un voisin.

Elle n'en a soufflé mot à personne ; et si ça se trouve, en ce jour de noces, l'intéressé, qui n'a pas été invité, n'est même pas au courant. N'empêche, elle sait déjà qu'elle va l'épouser et que ça aura lieu dès qu'elle aura liquidé son année de deuil, vers la Saint-Jean. D'ici là, elle aura cinquante ans.

Et alors ? Il ferait beau voir que quelqu'un se mette en travers de son chemin.

# 7

Au dixième de dix, en ce jour de doubles noces, tout échappe. Il ne sait pas de quoi son père est mort, ignore tout des projets de sa mère, ne comprend pas pourquoi Joséphine est revenue après avoir été chassée à coups de pommes sous le Grand Cri de la Malédiction. Ni ce qui a poussé sa sœur à aller se marier au large sans personne de la famille, alors qu'aujourd'hui, pour Marie et Jeanne, on a rameuté toute la parenté. Plus que jamais, il est perdu dans sa tribu.

D'autant plus égaré qu'il est le seul enfant de la noce, pour la simple raison que des enfants, depuis la guerre, les gens n'en font plus. Autour de lui, rien que des treize-quatorze ans. Des vieux. Il s'ennuie, il n'a rien à leur dire et pas envie d'être sur la photo. Les autres arborent des gilets, des complets ; lui, il a été traîné au mariage en costume d'écolier, casquette, sarrau noir, brodequins assortis. Il est furieux.

Mais comme d'habitude, marche ou crève ! Sa mère le prend par la manche, le tire à ses côtés et, comme il fronce le nez devant l'appareil du photographe, elle l'étrille : « Fais ce que je dis ! Tiens-toi droit ! Deux sœurs qui se marient d'un seul coup, tu ne reverras plus jamais ça ! »

Minuscule comme il est, il craint d'être grotesque, se cherche une contenance et, faute de mieux, finit par se réfugier dans la posture que lui impose l'instituteur lorsqu'il le fait monter sur l'estrade pour réciter sa leçon : les bras écartés à cinq centimètres du corps et légèrement arrondis. Ça ne calme pas sa colère, il sait que sa casquette et son sarrau sont trop grands. Il s'en est aperçu le matin de la rentrée des classes, avant même que sa mère les lui ait enfilés. Mais va-t'en faire une critique à Marie-Anne Le Bihan ! Elle avait déjà pris les devants : « Du solide qui va faire de l'usage, trois-quatre ans au moins. On fera tout avec, l'école, la noce. Si jamais on a un enterrement, pareil, ça ira ! »

*

C'est donc dans cet accoutrement de Gavroche que sont fixés les six ans du dixième de dix. Un Gavroche qui, m'avoua-t-il spontanément au détour d'un récit, avait peur de tout : « Dès que ma mère n'était pas dans les parages, je ne savais plus où j'étais. » En permanence, elle lui déchiffrait le monde ; et, par l'averse d'injonctions qu'elle faisait pleuvoir sur lui du matin au soir, le lui balisait. Limites, frontières, interdits, il a tout appris de sa bouche. Et surtout ce à quoi elle était le plus attachée : la tenue.

Il se soumettait, il se tenait. Car c'était aussi Marie-Anne Le Bihan qui formait barrière entre la maison et les menaces en maraude dès qu'on en sortait, l'éternelle embuscade du Rien.

Aujourd'hui elle ordonne : « Gare à toi si tu bouges, on ne te verra pas sur la photo ! »

Il ne se demande pas pourquoi, il a trop peur de ce que serait la honte s'il était effacé du cliché, il se voit déjà bombardé de pommes sous le Grand Cri de la Malédiction, va-te-cacher-va-te-cacher. Dans la seconde, il se fait aussi droit que sa mère l'a demandé.

Il n'a pourtant qu'une seule envie : disparaître. Là où il court toujours quand il a peur : derrière elle, sa muraille-mère.

*

Quelques pressions du photographe sur la poire, et le supplice est fini. La noce s'éparpille dans la cour de ferme, les femmes courent dresser la table à l'intérieur de la maison. Les hommes, eux, déjà bien allumés au cidre de poire, font les marioles avec leurs casquettes, sautent sur la margelle du puits.

Maintenant que le photographe est parti, le dixième de dix voudrait bien s'en aller rêvasser dans le champ d'à côté. Là encore, il n'ose pas, à cause de ses brodequins neufs et de la taloche qu'il se prendrait s'il les abîmait. Parmi les têtes qui s'agitent au-dessus de lui, il cherche alors le visage de son père, histoire de se raccrocher à l'étincelle d'or. Comme sa mère il l'a vue très souvent s'allumer dans l'œil de Gwerann. Comme sa mère aussi, il n'a pas pu s'en détacher.

Mais il avait oublié : son père n'est pas là, il ne sera plus jamais là.

*

Gwerann ne lui a pas transmis, comme à ses trois autres garçons, les secrets des pierres, il n'a pas eu le temps.

Pas même le secret qu'on apprend à la première leçon, quand le maçon conduit son fils dans la forêt, gravit avec lui le sentier des charbonniers et l'emmène caresser sous l'ombre, ombre lui-même au pays des ombres, les masses de granit, de schiste et de quartzite égarées dans la nuit verte des bois. À Pierre, à Joachim, à Joseph, il a fait faire ce geste ; et ensuite, à chacun, il a montré la clairière du Tambour, cette grosse boule où, en cherchant bien, on trouve une prise dans le roc. À cette époque où la pierre n'est pas encore déréglée, on peut la faire trembler, ce qui arrache à la montagne un monstrueux grondement qui dégringole les pentes de la forêt avant de se répandre dans la plaine. Tout le pays apprend alors qu'il y a un garçon, au fond de la forêt, qui saura bientôt son métier d'homme.

Le dixième de dix, lui, ne remontera jamais le chemin avec son père, il n'en saura rien et longtemps il ignorera tout des mystères des pierres, jusqu'à la hiérarchie qui fait d'elles, dans les mains du père-maçon, une seconde famille. Les pierres de fond, les enfants-pierres. Les pierres à monter, les frères et les sœurs. Et la Marie-Anne Le Bihan du monde des pierres, la Maîtresse-Pierre.

Il faudra qu'il se fasse tout seul. En haut de la montagne, dans les Rochers du Diable, il n'apprendra pas à lire les lois de l'équilibre, de l'encastrage et du scellement, ni ce qui distingue les pierres faites pour le feu de celles faites pour la pluie, le vent. Avant de s'y retrouver, il faudra qu'il questionne ; et quand les ouvriers maçons ne voudront pas répondre, il devra ruser, espionner. Gweran n'a même pas eu le temps de lui confier le plus important : que chaque pierre, même la plus humble, a sa place dans le mur, ce qui explique que les maçons, plus que les autres ouvriers, ont la passion de la justice. Tout ce qu'il retiendra de son père, c'est le compas qu'il avait dans l'œil, sa passion du calcul mental, le gouffre de l'énigmatique 23 et l'étincelle qui avait réussi à toucher le cœur orgueilleux de sa mère.

Enfin le goût qu'il avait pour le bel aplomb des murs. Tout dixième de dix qu'il fût, il a eu le temps de le remarquer : il n'y avait que ça, un beau mur, pour mettre un peu d'eau dans son regard de hibou. Vieux, neuf, maison de riche, maison de pauvre, façade de grange, paroi de clocher, mur d'église et mur de chapelle, précieuse châsse de pierre à l'entour d'une fontaine, façade d'ossuaire frappée de têtes de mort, Gwerann s'en fichait, il prenait tout, pourvu que le mur soit d'équerre.

*

L'année de mes onze ans, quand on est venus ensemble à Cléguérec, mon père ne m'a pas montré sa tombe. On est allés, en revanche, sur celle de Marie-Anne Le Bihan. Un rectangle de terre crue, à l'époque, délimité par un cadre de laiton ouvragé. On est restés un petit moment à la désherber.

Je pense que Gwerann est ailleurs. Après sa mort, on a dû lui faire retraverser le Stang Ihuern pour le déposer entre ses quatre planches auprès des siens, du côté de Boduic et de l'Abri du Barde, pas loin de la coulée de pierres bleues.

# 8

Ce matin, au réveil, m'est revenue l'histoire de la source. Dans l'heure qui a suivi, j'ai vu beaucoup plus clair dans cette année des six ans de mon père qui marqua sa vie de façon si cruciale.

J'ai aussi mieux compris pourquoi, le jour des doubles noces, Marie-Anne Le Bihan triomphait aussi ouvertement alors que Gwerann n'était mort que depuis six mois. Oui, il y avait le voisin qu'elle s'était mis en tête de séduire, la fierté de caser deux de ses filles en un seul jour, la joie d'avoir surmonté, comme je l'ai dit, le départ de Joséphine l'automne d'avant, puis au printemps, la mort de Gwerann. Mais il y avait autre chose. Quelques semaines avant ce couronnement, elle était venue à bout d'une des pires calamités qui puissent se produire dans la vie d'un humain : la Grande Sécheresse. C'était en partie grâce à son dixième de dix.

*

Cette histoire, mon père me l'a racontée à l'occasion d'une autre sécheresse historique, celle de 1976. Par simple association d'idées ; cependant l'air de me dire, comme il fit souvent : « N'oublie pas, si jamais tu t'avises de débobiner la pelote de ma vie. »

Dans ce récit que je le laissai du coup dévider sans l'interrompre, il me précisa que l'eau avait commencé à baisser dans les puits à l'automne, à peu près à l'époque où Joséphine avait été chassée sous la mitraille de pommes. Manifestement, il avait déjà le temps à l'œil : il ajouta que de tout l'hiver ce fut ciel bleu, ciel sec. Sans doute n'avait-il fait qu'imiter les adultes qui l'entouraient, toujours à l'affût, pour leur survie, des caprices des vents et des nuages, perpétuellement sur le qui-vive, ballottés jour après jour d'angoisse en espoir.

Donc de tout l'hiver, me dit-il, en fait d'eau, rien que des bruines par-ci, par-là. Ou du vent qui fatiguait les champs sans jamais les mouiller. Au printemps, les matins ne firent que crachoter des semblants de rosée. Pas ça qui pouvait donner à boire au seigle, à l'avoine et au sarrazin, encore moins aux herbages et aux pommes de terre. « Pas de pommes de terre, ton cochon n'a plus de lard, pas d'herbages, ta vache ne donne plus de lait. Plus de lait, plus de beurre. Plus de beurre, plus rien pour faire du troc. Alors comment tu t'en sors pour faire face, acheter les remèdes pour les gens qui s'en vont vers leur fin ? Et la suite, payer la messe d'enterrement, le cercueil, le fossoyeur, le corbillard ? »

Marie-Anne Le Bihan, à l'époque, avait trois-quatre sous cachés, elle avait réussi à les payer. Mais fin juin, quand les champs, sous le soleil, se transformèrent en paillasson, et que la peur saisit les riches autant que les pauvres, ce fut une tout autre paire de manches. Pas une consolation d'apprendre par les gens qui lisaient le journal que c'était partout pareil, en Bretagne et aussi au large, même dans les pays étrangers, même chez les Anglais, et jusque chez les Russes.

C'est là qu'un beau jour – vraiment beau, c'est-à-dire terrifiant, on en était maintenant malade de voir le soleil se lever chaque matin dans le même ciel bleu, pas une vague traînée de brume – le dixième de dix, qui traversait la place, a entendu un homme proclamer à un petit groupe réuni devant le café : « Il faut faire comme dans le temps ! Envoyer tout le monde dans la plaine chercher des sources. Par là-dessous, il y a bien de l'eau en réserve ! De l'eau des autres années : d'habitude, ici, la pluie, pas ça qui manque ! Si on lance tout le monde dans les champs et qu'on cherche partout, on va finir par en trouver. Pas la première Grande Sécheresse qu'on a, nom de Toui ! Même si cette fois c'est du sérieux. »

C'était plutôt du très sérieux, a estimé le dixième de dix quand il a entendu « nom de Toui » : l'homme avait proféré le plus terrible des jurons, celui qui s'en prend à Dieu.

Ça ne l'a pas surpris. Le nerzh, il l'avait remarqué, avait déserté le monde en même temps que le corps de Gwerann car c'était là, début juin, quand son père s'était couché pour mourir, que les seaux jetés au fond des puits avaient remonté de l'eau boueuse. Le même jour ou presque, les prés des fonds de vallon, ordinairement flasques et spongieux, s'étaient transformés en pierre ; et leurs joncs en piques de hérisson. Juste après, la fontaine qui précisément donnait le nerzh quand on buvait de son eau s'était tarie. Le ruisseau qui la nourrissait ne coulait plus. Les autres étaient à l'agonie. Jusqu'au Stang Ihuern qui faisait grise mine. « Comment tu peux laver ton linge avec ça ? » pleuraient les femmes.

La suite, du coup, ne l'a pas étonné : les gens ont pris peur. Tellement peur que, le lendemain du jour où l'homme a donné de la voix devant le café, on a fait comme il avait dit : envoyé tout le village dans la plaine, vieux et enfants compris. Avec une seule consigne, hurlée par le maire à la foule réunie sur la place avant le départ : « Vous cherchez partout, dans les bois, derrière chaque talus, même dans les landiers, les ronciers, partout, absolument partout ! »

Les sourciers professionnels avaient bien sûr accouru ; ils s'étaient mis en première ligne avec leur air pénétré et leurs baguettes dont les fourches étaient noires à force d'avoir servi. Les villageois les ont regardés d'un œil plutôt mauvais : dès le printemps, ils les avaient appelés à la rescousse et payés très cher, tout ça pour faire chou blanc. Il leur en était resté l'idée qu'ils pouvaient se débrouiller tout seuls. Pendant la nuit, ils s'étaient fabriqué des baguettes à trouver l'eau. De simples bâtons, sans rien savoir des magies, Marie-Anne Le Bihan la première ; et puisqu'il fallait bien, maintenant qu'il n'avait plus de père, qu'elle lance son petit dernier dans la vie, elle lui en avait confectionné une, rien que pour lui.

À l'instant du départ, c'est elle qui l'a poussé dans les champs : « T'as bien entendu ce qu'a dit le maire : chacun sa direction, chacun son coin. Tu tapes la terre avec ton bâton comme je t'ai montré, jusqu'à ce qu'elle te réponde. Quand le soleil baisse, tu rentres. »

Il a trouvé une source, ce jour-là, le dixième de dix. En se contentant de faire ce que sa mère avait dit. Et sans rien connaître aux magies. Il l'a découverte au fond d'un vallon, derrière un buisson de ronces.

Du bonheur qu'il eut ce soir-là, il lui resta quelque chose à tout jamais : sa vie durant, quand il prononçait le mot « source », la joie lui coulait des yeux.

Une joie qui coulait double : la sienne et celle de sa mère, morte pourtant depuis des années. Elle lui avait fait confiance, à lui, son petit, son dernier. Et lui, si petit, si dernier, il avait été à même de la lui rendre, cette confiance. Du coup, tous les deux, ils étaient repartis, comme il disait, « d'attaque dans la vie ».

*

La semaine d'après, il ne pleuvait toujours pas. Malgré la source, c'était toujours mouise noire dans le pays.

La source, à dire vrai, rien qu'un pauvre pipi, pas avec ça qu'on allait faire revenir le vert dans les champs et le gras aux cochons. Marie-Anne Le Bihan a donc envoyé son petit dernier acheter un peu de marchandise à crédit chez l'épicier de la place : comment refuser ça à un gamin qui avait trouvé une source ? S'il avait simplement été orphelin de père, l'homme pouvait le mettre dehors : trop de petits dans ce malheur-là. Mais un enfant de six ans qui a trouvé une source par Grande Sécheresse, obligé de dire oui.

L'épicier a dit non.

Elle a tout de suite compris pourquoi : l'affaire du gilet. L'épicier était blanc. Et le dixième de dix qui avait trouvé la source était le fils d'une Rouge ; ça ne pouvait qu'aggraver son cas.

« Du coup, pendant une semaine, on a dû faire ceinture, a conclu mon père. Quand on a eu des crampes à cause de la faim, ma mère m'a fait tenir en me disant : "On se vengera." Puis la pluie est revenue. Alors ma mère m'a dit que j'étais de la race qui se débrouille dans la vie. »

*

Avec les averses, ce fut à nouveau le vert dans les champs, le gras au ventre des cochons. Puis le lait dans le pis des vaches, le beurre dans la baratte et par conséquent le troc. Si bien qu'à la fin du compte Marie-Anne Le Bihan s'est retrouvée avec quelques piécettes devant elle. Elle a décidé d'acheter un peu de sucre, moitié pour le plaisir, moitié pour la fierté, et envoyé le dixième de dix chez l'épicier. Qui, cette fois-là, n'a pas pu le flanquer dehors.

Pour ses vêtements d'école et les doubles noces de Jeanne et Marie, elle a dû s'arranger avec la parenté. Il y avait encore des sous cachés par-ci par-là, on lui a prêté, elle a réussi à tout payer.

Et maintenant tout son monde va manger, chanter, danser, prendre un coup dans le nez. Un petit, un grand, on verra, ce sera de toute façon un bon début de revanche.

# 9

Sur l'école, mon père ne m'a pas raconté grand-chose. Ou alors des scènes décousues. Vives, mais non datées, à l'exception de celles qui précédèrent immédiatement son certificat d'études. Le plus souvent, ce fut : « Je marchais bien. J'aimais bien l'instituteur et il m'aimait bien. »

Il avait les mêmes mots pour évoquer le nouveau mari de sa mère. Quand il parlait de lui, il se mettait toujours à fixer un point invisible dans la pièce ou le jardin où nous étions installés. Puis, cerclé de vieilles songeries, il murmurait son nom : « Jean Charles. »

C'est seulement au vu de son acte de mariage avec ma grand-mère que j'ai saisi que Charles était un nom de famille. Son beau-père était né à trente kilomètres de là ; quasiment l'étranger, à l'époque. Mon père n'avait aucune idée de ce qui l'avait amené à Cléguérec. Les routes, peut-être : il était cantonnier. Veuf et semble-t-il sans enfants, il disposait manifestement d'un peu plus que trois-quatre sous cachés : dès leur mariage, Marie-Anne Le Bihan et lui vont s'installer au bourg, dans une maison située à un jet de pierre de la place et de la statue de la Liberté.

La maison est semblable à la précédente : une seule pièce coupée d'une cloison de séparation avec les bêtes. Devant, de la même façon, un puits ; et à l'arrière, un bout de jardin et un champ. Mais c'est une belle position que d'habiter si près de la place, du café, du marché : ça vous met du mouvement dans la vie et Marie-Anne Le Bihan en a besoin, maintenant que tous ses enfants, à part le dixième de dix, sont dispersés à tout vent. L'aîné, Pierre, vit à dix kilomètres de là mais il ne revient plus guère, hanté qu'il est par le rêve de devenir le meilleur maçon de tout le canton. Joseph et Joachim, encore plus ambitieux, ont filé sur la côte, à Lorient, où ils s'abrutissent de travail sur les chantiers du port. Quant à Thérèse, elle a bien sûr suivi les traces de Joséphine à Paris et s'y est mariée à un bijoutier de Belleville. Enfin, c'est ce qu'elle dit. On prétend qu'en vérité elle et son mari se salopent la santé dans une usine d'alliage de métaux.

L'empire de Marie-Anne Le Bihan qui touche le ciel, du même coup, ne s'exerce plus que sur son nouveau mari et le dixième de dix. Lequel, dorénavant, se fait expliquer le monde à l'école.

Il n'échappe pas pour autant aux injonctions de sa mère : gare à tes fesses, si tu ne respectes pas la loi de la République, à commencer par le français, que tu es prié d'apprendre comme le maître te l'apprend. Et quand tu rentres, rien de changé : tu te tiens, tu fais ce qu'on te dit, c'est à ce tarif-là qu'on t'aime bien.

*

Le dixième de dix accepte le troc. Son maître mot, désormais, c'est « réglo ». Il le tient de l'instituteur.

Au début, il a pensé que réglo, c'était la barre de fer dont le maître cinglait les doigts des élèves à la première faute de calcul, d'orthographe ou de grammaire. Il a mis plusieurs jours avant de saisir que le mot désigne l'idéal que l'instituteur assigne à ses élèves :

respecter intégralement l'arsenal de lois et d'interdits qu'il fait pleuvoir sur lui, comme Marie-Anne Le Bihan, à chaque instant de sa vie.

Comme avec elle, il se soumet. Mais à la façon des Noirs : par religion de la vérité, de la loyauté. C'est ainsi qu'il se prend de passion pour la grammaire, parce que la rigueur des accords le fascine ; et plus encore, l'extraordinaire sujétion des conjugaisons au temps qui passe. Il croit y reconnaître l'empire des saisons sur le monde ; les verbes sont contraints de se métamorphoser comme les arbres, les champs, les gens eux-mêmes, au gré de la couleur du ciel.

Un jour, il bute sur des exceptions. La météo grammaticale a des caprices, c'est le drame. À lui de découvrir la solution tout seul, comme il a fait pour la source, l'été de la Grande Sécheresse.

Il échoue. Coup de règle sur les doigts : « T'étais pas au courant ? Maintenant tu l'es ! » Marche ou crève, comme avec sa mère.

Il ne crève pas, il marche, il marche même très bien. C'est qu'il marche à la confiance. Ou plutôt aux confiances. Celle de sa mère, quand elle l'a lancé dans les champs à la recherche de l'eau. Il en a trouvé, et depuis elle l'envoie chaque matin à l'école de la même façon : toute entière espérance. Du coup, en dépit des écueils qu'il rencontre à chaque ligne, c'est dans la ferveur, comme elle, qu'il aborde les mots du livre de lecture.

Cette confiance-là fait qu'il est très vite premier en écriture. Même si Gwerann n'a pas eu le temps de lui apprendre grand-chose, il a dû le voir à l'œuvre : il encastre ses mots entre les lignes de ses cahiers avec une précision inouïe. Ses lettres, d'emblée, tiennent d'aplomb, jamais de loupé. Ni tache ni pâté, les pleins et les déliés lui viennent naturellement. En géométrie non plus, rien n'échappe à ses yeux qui commencent, iris de miel, pupille ultranoire, à ressembler à ceux du hibou-Gwerann. En quelques semaines, il fait siennes les lois du carré, du rectangle, du triangle. Jusqu'à celles du losange que le maître, en dépit de la haine qu'il nourrit à l'endroit des féodaux d'autrefois, montre un jour à la classe sur le vieux blason des Rohan.

Puis il s'éprend du nombre *pi*. Mais quand l'instituteur proclame que les Égyptiens ont réglé leurs pyramides sur lui, il lui paraît aussi inquiétant que l'abîme du 23 que sa mère, maintenant que Gwerann est mort, a repris à son compte.

Il revient alors à sa figure préférée, la perpendiculaire. La droiture même, la reine des réglos.

*

Il a aussi ses échappées. Le large, comme ses sœurs. Mais son large à lui est à l'image des cartes que le maître suspend au tableau et du globe terrestre qui trône sur son bureau : balisé de frontières, de méridiens, de parallèles. Très vite, il a saisi que la plaine, la forêt, jusqu'à ce Paris où sont parties Joséphine et Thérèse, ne sont qu'une infime partie du monde, et qu'il convient d'y mettre de l'ordre avant qu'il ne devienne grain de sable dans la nuit des étoiles.

Sa passion de l'exacte dimension est telle que le jour où le maître brandit une carte des constellations, il en devient presque fou, d'apprendre que le ciel est sans fin. Il conteste :

« C'est impossible. »

L'instituteur lui rit au nez. Puis en remet :

« Le Temps est sans fin, lui aussi. En arrière, on peut remonter bien plus loin que les hommes qui ont dressé nos menhirs et nos allées couvertes, des milliers et des milliers d'années plus loin. Le Rocher du Diable, par exemple, n'est que la racine d'une montagne deux fois plus haute que le mont Blanc. En allant encore plus loin dans le temps, c'était la mer partout. Un océan rempli de monstres, comme les fleuves d'Afrique. »

La classe panique, l'instituteur met un peu d'eau dans son vin :

« Mais le temps marche aussi dans l'autre sens. Il s'appelle alors l'Avenir, le Progrès ! »

Personne ne comprend. Il embraye :

« Le Progrès, c'est simple, vous pouvez le voir sur la place : c'est la statue de la Liberté. Vous savez pour qui on l'a dressée ? »

Le dixième de dix connaît la réponse : « Pour ma mère. » Il préfère se taire : depuis qu'il s'est fait rembarrer par l'épicier, il se montre très prudent sur la question de Marie-Anne Le Bihan ; et comme personne en dehors de lui ne connaît la réponse et qu'on entend les mouches voler, l'instituteur peut triompher :

« La statue a été construite pour Pobéguin, un gars de Cléguérec qui était allé porter le Progrès dans le désert d'Afrique. Il voulait construire un chemin de fer… »

La grand-messe laïque commence, l'Évangile selon le hussard de la rouge république de Cléguérec :

« C'est toujours par le train que ça commence, le Progrès ! Mais quand Pobéguin se fut fait une idée du tracé qu'allaient suivre ses rails, les nomades du désert, des sauvages, sont arrivés sur leurs chameaux, l'ont tué à coups de fusil et ont volé tous ses sacs de vivres. Les soldats de Pobéguin étaient des Nègres ; et au Sahara, il n'y a pas un arbre, pas une bête sauf des serpents. En dehors de ça, rien, absolument rien à se mettre sous la dent ; et comme les Nègres de Pobéguin, même s'ils étaient bien braves, étaient des sauvages eux-mêmes, ils ont mangé Pobéguin. Mais n'allez pas croire que ce fut la honte, au contraire ! L'honneur de notre compatriote est resté intact, même si son corps a fini dans le ventre des Nègres. Pobéguin est mort pour le Progrès. Voilà pourquoi ses camarades d'école, des Cléguérecois comme vous, qui ont appris à lire et à écrire à l'école de la République, sur les bancs mêmes où vous êtes assis, se sont cotisés pour lui dresser la statue de la Liberté. »

Et le maître, du même index que la statue, pointe orgueilleusement l'ouest.

« Bien avant les autres, là, les Américains… »

L'histoire de Pobéguin éteint instantanément le désir de large du dixième de dix. Il veut bien du Progrès, mais sans les cannibales. Et avec sa mère. Il ne se voit pas vivre loin d'elle.

*

Quelques mois plus tard, il croit tenir la solution : sur la rivière, à dix kilomètres de là, de l'autre côté de la forêt, on construit un barrage ; et un jour, à grand renfort de croquis au tableau, le maître en explique le fonctionnement à la classe. Il profère des mots aussi neufs qu'enthousiasmants : « turbines », « béton », « générateur ». « Grâce au barrage, proclame-t-il, ce sera le Progrès partout, Même Cléguérec s'éclairera à l'électricité ! »

Dans la minute, le dixième de dix s'enflamme et se met à rêver d'un vélo pour aller de l'autre côté de la forêt, là où se construit le barrage. « Dès que j'aurai mon certificat, je me présenterai sur le chantier. Je ferai mon chemin là-bas. Mais quand même, je rentrerai tous les soirs chez ma mère. »

*

Depuis qu'il va à l'école, il est régulièrement assailli par l'angoisse du rejet. Ça a commencé dès la petite classe ici même, dans le périmètre sacro-saint de l'école : un matin, au beau milieu d'une phrase en français, il a lâché, sans même s'en rendre compte, trois ou quatre mots de breton. Le maître a fondu sur lui puis l'a affublé d'un sautoir auquel pendait une queue de vache.

« À toi le symbole ! »

Pas besoin de se creuser la tête pour comprendre de quelle infamie le symbole est la marque : la vie à ras de la terre et des pierres qui fut celle de ses aïeux. Puis le maître lui apprend qu'il ne pourra s'en défaire qu'en dénonçant un camarade qui, comme lui, aura laissé échapper un mot de la « langue des arriérés ».

Dénoncer, il s'en sent incapable. Il préfère rentrer chez lui, la queue de vache au cou. À sa seule vue, sa mère pousse le Grand Cri de la Malédiction. Puis c'est l'avalanche de taloches. « On se saigne pour toi et voilà le résultat ! » Le lendemain, la mort dans l'âme, il dénonce.

L'avanie se reproduit plusieurs fois mais, comme tous les élèves sont logés à la même enseigne, il s'endurcit, finit par se faire à la rude gymnastique : français à l'école, breton partout ailleurs.

À onze ans, il est réglo jusqu'au bout de la langue. Le maître est convaincu qu'il décrochera son certificat d'études dans les premiers.

Lui aussi. Il se jure secrètement d'aller voir le barrage dès qu'il aura les résultats. Comme il n'a toujours pas de vélo et que, du reste, il ne sait pas en faire, il n'a aucune idée de la façon dont il va s'y prendre. Il sait seulement qu'il le fera et qu'on l'embauchera.

*

Un mois avant l'examen, lors de sa communion solennelle, la chaîne de confiances qui l'a si fidèlement accompagné jusque-là manque de se rompre. Les prêtres exigent que les communiants se présentent à la cérémonie munis d'un cierge. Marie-Anne Le Bihan n'a pas de quoi l'acheter. Elle tente de négocier. Les prêtres restent intraitables.

Elle décide alors d'un coup de force. Le jour de la cérémonie, elle enverra son fils à l'église sans cierge. Ou les curés refusent de lui donner la communion, et on aura la démonstration publique que le mot « charité », dans leur bouche, ne vaut pas plus qu'un pet de vache. Ou ils se mettent, rien que le temps de la messe, au diapason de leurs principes, « Heureux ceux qui ont faim et soif de justice, ils seront rassasiés », et le dixième de dix fera sa communion sans cierge. Elle est sûre que les prêtres choisiront la seconde solution.

Elle a vu juste. À ceci près qu'à l'arrivée de son fils dans l'église on l'isole près du bénitier, tout au fond, alors que les autres communiants, bien entendu tous munis de leur cierge, sont rassemblés devant le maître-autel. Puis on lui fait savoir que le dixième de dix n'approchera de la Sainte Table qu'à l'ordre d'un sacristain qui viendra le chercher après que tous les autres enfants auront reçu l'hostie.

Je n'ai jamais vu mon père renier Dieu. Lors des baptêmes, mariages, enterrements, il a toujours pris place dans l'église, tandis que nombre de Rouges restaient ostensiblement dehors à fumailler et dire tout le mal qu'ils pensaient, non seulement des curés, mais de la foi. Pour lui, le ciel n'a jamais été vide ; il entrait dans le sanctuaire, se découvrait, trempait ses doigts dans le bénitier, faisait son signe de croix, prenait sa place en silence, du côté des hommes. Pas au premier rang, mais pas au dernier non plus. Réglo face au Père éternel. Mais réglo aussi face à sa conscience : il se bornait à marmonner les prières, s'abstenait de chanter les cantiques, même les plus sacrés, les bretons, *O Rouanez Karet an Arvor*, *O Mamm Santez Anna*. Cependant jamais, au grand jamais, je ne l'ai vu s'avancer vers l'autel pour recevoir l'hostie. Je sais qu'il l'a fait pendant la guerre, quand il a touché le fond. Mais avec la paix, sa hantise des prêtres a resurgi. Au moment de la communion, il fixait le maître-autel, granitique. Autant qu'à la minute, j'en suis sûre, où il avait dû remonter l'allée centrale de l'église, dernier entre les derniers, sous les yeux de tout le village qui le regardait passer, pitié, mépris, c'était selon.

Le comble, c'est qu'une fois arrivé à la Sainte Table il dut ployer le genou devant celui qui venait de proclamer en chaire, par-dessus les odeurs de lys et les fumées d'encens : « Laissez venir à moi les petits enfants. » Le jour d'après, il reprit pourtant le chemin de l'école. Comme avant, la tête pleine de rêves d'électricité, de turbines, de progrès. Un mois plus tard, comme prévu, il remportait son certificat d'études. Réglo. Et haut la main.

# 10

Dès qu'il a en main la feuille de résultats, l'instituteur traverse la place de Cléguérec au pas de course, double la statue de la Liberté et s'en va frapper à la porte de Marie-Anne Le Bihan.

Rien qu'à le voir courir, tout le village sait ce qu'il va dire à la mère du dixième de dix: «Votre fils a eu le certificat dans les premiers, madame Le Bihan, il faut absolument qu'il aille au lycée de Pontivy, il faut à tout prix qu'il continue. Il a de l'avenir, il peut aller loin, c'est une lumière! Il est fait pour les écoles, les examens. Peut-être même pour les concours, ceux qui donnent le *bara zur*, le pain des fonctionnaires, celui qui tombe tous les mois sans qu'on soit jamais fichu à la porte. Il faut le laisser partir aux écoles, madame Le Bihan, il faut absolument l'envoyer en pension au lycée de Pontivy. Mais je vais vous arranger ça, vous allez voir, je vais lui faire avoir une bourse…»

Et, à commencer par l'épicier qui, l'année de la Grande Sécheresse, a refusé le crédit à ces Noirs de Le Pohon, tout le village sait aussi ce que Mme Le Bihan va répondre à l'instituteur: il y a quatre mois, quelqu'un l'a surprise en pleine discussion avec le plus puissant fermier du pays, Émile Le Bourhis. C'était pendant la Foire de mars, sur la place de Pontivy où les pauvres, une fois l'an, viennent louer leurs bras aux riches. Ou, quand ils sont vraiment dans la mouise, ceux de leurs enfants.

*

« Madame Le Bihan, vous n'allez pas… »

Le maître ne finit pas sa phrase et baisse la voix. Il sait qu'elle est soupe au lait, il connaît aussi l'histoire du gilet fendu, il n'en mène pas large.

Il devrait se taire, estime le dixième de dix depuis le coin où il guette la scène, l'angle de la cheminée. Elle va sûrement exploser.

Mais non, pas le moindre début d'éruption. Le maître, du coup, avance un nouveau pion.

« Et puis, vos opinions. »

Il parle breton, la situation doit être grave. Voici d'ailleurs qu'il a un mot qu'il n'a jamais eu en cinq ans d'école : « Viens par ici, mon petit. »

Le dixième de dix sort de son coin d'ombre en tremblotant. Le maître, dès qu'il est à sa portée, au lieu de lui balancer une torgnole, entoure son épaule de son bras.

Là, c'est sûr, Marie-Anne Le Bihan va piquer une colère rouge. Mais non, elle ne desserre toujours pas les dents.

Le maître fouille la pénombre de la maison. Il cherche Jean Charles. Marie-Anne Le Bihan a l'esprit vif, elle a déjà compris :

« Il est au café. »

Puis elle soupire, se tourne vers la cheminée. C'est donc qu'elle va parler. Dire ce qui ne peut se dire de face, à moins de ne plus être Marie-Anne Le Bihan.

Malgré tout, on ne tourne pas comme ça le dos aux gens ; si on ne veut pas les regarder, il faut faire semblant d'avoir des choses à faire. Elle se penche vers la cheminée, entreprend de tisonner les braises.

« Jean Charles a baissé, il a dû se mettre en retraite. Il touche une misère, vous pensez bien, un cantonnier. »

Le maître ne lâche pas prise :

« Avec une bourse, votre fils…

– Il n'aura jamais les habits qu'il faut pour aller aux écoles, comment voulez-vous qu'on les paye ? »

Elle n'a pas sa voix de colère, c'est plutôt, éteinte et sourde, celle qu'elle avait quand Gwerann est mort. Puis soudain les mots se bousculent dans sa bouche :

« Et les autres enfants, là-bas, dans votre lycée de Pontivy, ce qu'ils lui en feraient voir ! Ils le sauraient vite, d'où il sort ! Comment voulez-vous qu'il continue à marcher aux écoles dans ces conditions-là ? »

Toujours la voix de deuil. N'empêche, elle est furieuse. Mais aujourd'hui, elle passe sa colère sur les braises, elle leur tape dessus jusqu'à les réduire en miettes.

« De toute façon, c'est la mouise partout ! Vous avez bien vu, tout le monde s'en va au large ! »

Nouveau soupir. Cette fois pour signifier au maître que la discussion est close.

Le maître soupire à son tour. Sans se retourner, elle devine qu'il est à bout de mots, de fatigue, de foi en son métier ; et qu'il vient d'abandonner les épaules du dixième de dix. Alors elle se retourne et lui fait face, pour lui faire savoir, nuque haute, cette fois, et voix claire, qu'en dépit de la mouise universelle, des journées que Jean Charles passe au café depuis qu'il baisse, et de son propre épuisement – c'est vrai qu'elle a des cernes sous les yeux, depuis quelque temps, qu'elle a blanchi, qu'elle a maigri, qu'elle s'est ridée –, elle reste parfaitement maîtresse de son destin.

« Mon fils fera beutjul chez Le Bourhis. »

*

Le dixième de dix s'est laissé conduire à la ferme de Kerlann en bœuf qu'on mène à l'abattoir. Ça s'est passé le lendemain même.

Il était assommé. Plus de lignes droites pour gouverner sa vie, plus de grammaire, plus de cercles parfaits ni de perpendiculaires, plus d'échappées vers le large, le barrage, le béton, l'électricité, le Progrès, le *pi*, les Égyptiens, les mystères du ciel et des étoiles. Sa mère l'avait trahi.

Tant et si bien trahi qu'ensuite, lorsqu'il voudra expliquer pourquoi il n'a pas fait d'études, il tordra le cou à la chronologie : « J'ai été placé chez Le Bourhis à l'âge de onze ans, à cause de la mort de Jean Charles. »

Son beau-père, en fait, est mort deux ans plus tard. Il avait alors treize ans, et son certificat d'études en poche depuis vingt-six mois. Mais comment dire l'indicible : que c'est sa mère qui l'a placé chez Le Bourhis ?

Malgré tout, l'histoire reconstruite disait une vérité : ce fut une mort, ce jour-là.

Je ne crois pas que mon père m'ait menti délibérément – pas son genre. Cette fable lui a été dictée par une force qui le dépassait : impossible que sa mère-muraille, sa mère-confiance, ait pu le lâcher comme ça, froidement, et le transformer d'une minute à l'autre en assurance-vieillesse pour elle et pour Jean Charles.

Impossible non plus qu'elle n'ait pas appelé ses frères et sœurs à la rescousse, impossible qu'elle n'ait pas hurlé comme elle savait si bien le faire, au besoin sur fond de mitraille de pommes : « Vous allez tous me donner trois-quatre de vos sous cachés pour le dixième de dix, l'instituteur a dit qu'il a de l'avenir ! Faut lui payer les écoles, c'est une lumière ! Vous allez vous y mettre tous ! »

Mais non, elle se l'est interdit. Pour ne pas faire de différence, noire qu'elle est, entre son petit dernier et ceux qui sont venus avant.

Et lui, le dixième de dix, plus que jamais dernier puisque sa mère l'avait abandonné, s'est dit à son entrée dans la cour de Kerlann, la nuque brisée par le désespoir : « Mais puisque je suis différent de mes frères et sœurs ! Puisque le maître m'a dit ce qu'il ne leur a pas dit : que je suis une lumière, que je suis fait pour marcher ! Le Progrès ! Allcr loin ! »

Tout ça pour finir sous ce coup de massue : va-t'en crever à Kerlann, sinon c'est moi, l'immense Marie-Anne Le Bihan qui touche le ciel, qui m'en vais crever. De mouise et de honte, tout pareil.

*

Anaïk Le Bourhis sait que c'est le fond de la douleur quand les petits arrivent avec leur mère à la ferme pour faire beutjul chez son mari.

Mais avec ceux d'aujourd'hui, pas une larme. La mère serre les dents, le petit aussi.

Des Noirs. Durs au mal, ceux-là. Dans le chagrin, la maladie, le travail, ils crochent de la même façon, mâchoires féroces ; et quand ils n'en peuvent plus, ils se raidissent tellement qu'ils finissent par ressembler à des statues. Il n'y a que leurs yeux pour les trahir. Mais ils le savent, ils se retranchent derrière leurs sourcils.

Justement, les sourcils qu'il a, ce petit-là ! Épais, plantés dans tous les sens, un fourré de ronces. De vrais sourcils de gens de la forêt.

Et ce nerzh qui lui coule plein les veines. Il fera un bon beutjul.

Malgré tout, ça ne va pas être simple, au début : ses yeux de hibou sont noirs de fureur et il tremble de la tête aux pieds.

On ne le mettra pas tout de suite à dormir dans le grenier de la soue avec l'autre beutjul et le grand-père. On le couchera ici même, au-dessus de la chambre et de la cuisine, dans le petit grenier. Comme ça s'il pleure, la nuit, elle l'entendra, elle montera le consoler.

Anaïk Le Bourhis est à deux doigts de le dire à Marie-Anne Le Bihan. Mais la mère, comme le fils, a l'œil de la colère. Et elle connaît sa réputation. Elle la laisse la saluer puis s'engouffrer sans se retourner entre les talus du chemin qui remonte à Cléguérec.

Sa pente est très raide, elle a du mal à l'escalader et elle n'a plus de souffle, à force de serrer les mâchoires. Jusqu'à sa jupe qui est à la peine : on dirait qu'elle a perdu ses plis.

Forcément, plus jamais d'enfants à faire grandir dedans.

*

Le soir même, la colère quitte le corps de Marie-Anne Le Bihan et passe dans celui de son fils.

Elle prend pour commencer la forme d'une maladie. Une fièvre de cheval, suivie d'un rhume à crever et d'effroyables douleurs dans le ventre.

Anaïk Le Bourhis n'a pas d'yeux de hibou mais elle sait voir clair dans la nuit de la douleur. Les petits qu'on place chez elle, elle prend le temps de les observer ; et quand ils tombent malades, elle ne se contente pas de les soigner à coups de tisanes et de cataplasmes. Loin du regard des autres, elle prend leur main dans la sienne et leur passe les doigts dans les cheveux. Avec un mot par-ci, un mot par-là.

Le dixième de dix n'a jamais connu ça, la fièvre baisse puis disparaît. Quelques jours plus tard, plus de rhume ni de mal de ventre. Il reprend du nerzh, se remet debout, remange.

La cuisine d'Anaïk Le Bourhis est la bonté même : de ses mains, chaque matin, sortent des crêpes de froment, du pain chaud, du lard qui fond dès qu'il est en bouche, de pleines assiettes de bouillie d'avoine gorgée de beurre fondu. En deux semaines, il redevient ce qu'il n'aurait jamais dû cesser d'être : un gamin qui ne demande qu'à grandir.

Émile Le Bourhis laisse sa femme le dorloter mais l'observe du coin de l'œil ; et une fois qu'il le juge sur pied, il le saisit par l'oreille : « Maintenant que tu es guéri, tu changes de grenier. Tu vas dormir au-dessus des cochons. »

# 11

L'autre jour, quand Roland Le Bourhis m'a ouvert le grenier de la porcherie, les lits étaient toujours là. Renversés, réduits pour l'essentiel à leurs montants ; et pour deux d'entre eux, fracassés, perdus dans le capharnaüm qu'il ne se résignait pas à jeter, le cimetière du passé de Kerlann, chaises démantibulées, encadrements de fenêtres en morceaux, jute qui avait servi à emballer des pommes de terre, grands sacs de plastique blanchâtre encore poudré d'engrais. Enfin, derrière le cheval de parade dont les bandelettes en papier journal partaient en quenouille sous les vents coulis, un appareil ménager remontant à Mathusalem. Le seul fragment de lit encore debout se trouvait face à cette machine inidentifiable.

« Il n'a pas changé de place, m'avait dit Roland Le Bourhis.

– C'était là que dormait mon père ?

– Je n'étais pas encore né.

– Et là, au fond ?

– Le lit de mon arrière-grand-père. Il était chargé de surveiller les beutjuls, la nuit. Les vieux, il fallait qu'ils servent à quelque chose, même quand ils avaient passé la main. Je me rappelle, c'était un lit à deux places. Au besoin, on pouvait y loger un beutjul. Par grand froid, par exemple. »

Le Bourhis avait ensuite désigné le mur de droite.

« Là, il y avait un troisième lit. Pour que la ferme tourne, il fallait au moins deux beutjuls. Leur travail, c'était de s'occuper des vaches. Les charretiers, eux, s'occupaient des chevaux, des labours, des récoltes. Des gars de vingt ou trente ans, d'anciens beutjuls montés en grade. C'étaient eux qui apprenaient le métier aux petits, comment traire les vaches, les nettoyer, les conduire à la pâture. Ils leur enseignaient aussi les semailles, les moissons, la coupe du bois, sa mise en fagots, l'entretien des faux, des serpes. Enfin comment nourrir les cochons et planter les patates parce que c'est ça, la patate, qui fait le gras des cochons. Le soir, les charretiers rentraient dormir chez eux. »

Il n'y avait pas de fenêtre dans le grenier. Ni aucune ouverture, en dehors de la porte entrebaîllée dans notre dos. En moi, c'était la même ombre que dans la pièce, je n'arrivais pas à imaginer ce qu'avait été la vie de mon père pendant les quatre ans qu'il passa à Kerlann. Mais Roland Le Bourhis avait le don de rendre vie à ce qui était mort. En quelques mots, il me donna un aperçu de la vie des occupants de ces trente mètres carrés où on tenait tout juste debout :

« Ici, contre le mur de droite, il y avait un banc-coffre et, tout à côté, une petite table pour écrire. Ils s'éclairaient à l'aide d'une lampe à pétrole. Je me souviens, des beutjuls – vos cousins Le Mouëllic, je pense, ceux qui ont pris la suite de votre père quand il est parti faire maçon à Lorient – avaient collé à la porte du grenier une carte du Tour de France. Tenez, il en reste encore des bouts. »

Il me désignait la porte. Je me suis retournée. Des fragments de carte, en effet, y restaient collés. Les noms de quatre beutjuls étaient aussi inscrits sur le bois. Ceux de l'aîné des deux Pierrot et de son jeune frère,

Jeanjean, qui fut mon parrain. Plus deux inconnus : Joseph Boyard et Jean-Marie Euzenat.

J'ai cru à des graffiti comme les prisonniers en laissent dans leur geôle.

« Vous savez pourquoi ils ont laissé leur nom ici ?

– Ce n'est pas eux qui ont écrit. C'est mon grand-père Émile Le Bourhis. »

Toutes les inscriptions étaient de la même plume, en effet. Elles semblaient écrites au stylo à bille.

« Il est venu ici quand il n'y a plus eu de beutjuls, poursuivit Roland. Et il a écrit sur la porte les noms des quatre derniers. Il devait avoir soixante-cinq ans, soixante-dix, peut-être. »

J'avais de plus en plus froid. J'ai pris rapidement quelques clichés et c'est là que, dans le viseur, j'ai remarqué, à la base des solives, un genre d'emplâtre taloché à la hâte tout autour de la pièce. Sans doute un essai d'isolation.

J'ai abaissé mon appareil photo.

« On devait sacrément cailler en hiver.

– Oh non ! Ils avaient sur leur lit une grosse couette de plume, et la plume, je ne sais pas si vous avez essayé, ça tient sacrément chaud. En plus, ils portaient des caleçons longs.

– Les lits, c'étaient des vrais lits ?

– Pareil que ceux de tout le monde, sommier de fagots, matelas de balle de son, draps de lin. Et l'envie de dormir par là-dessus quand on se couchait ! On se démenait tellement pendant la journée... Le seul dérangement, c'était quand les bêtes venaient d'avoir une portée. Ça n'arrêtait pas de grogner, par là-dessous, il fallait empêcher les truies d'écraser leurs petits. Les beutjuls, chacun son tour, devaient descendre pour les avoir à l'œil. Mais ça se faisait en équipe, tout le monde était réquisitionné, à la ferme, pendant ces périodes-là.

Toutes les heures, chacun son tour, on rejoignait le groupe qui surveillait la truie. »

J'avais de plus en plus froid. J'ai désigné le plancher.

« La chaleur des bêtes montait, je suppose, elle chauffait le grenier ?

– Le froid, ça aussi, dans le temps, tout le monde y avait droit. »

*

J'examine les clichés que j'ai pris ce jour-là. Je n'arrête plus de les grossir à la loupe électronique, en quête d'une trace qu'y aurait laissée mon père lors de son séjour dans le grenier de la porcherie ; comme celles qu'y ont abandonnées mes cousins, par exemple la vieille carte du Tour de France.

Je ne trouve rien. Je devrai me contenter de la plaque qu'il a apposée à l'extérieur, son fier « LE POHON Jean 1936 ».

Je ne parviens pas, malgré tout, à me détacher de ces photos. Je viens de réaliser que ce grenier a les mêmes dimensions que celui de ma maison d'enfance, les mêmes solives, le même toit d'ardoises qui, le jour de ma visite, laissait filtrer l'air froid.

Tout cela m'est très familier : vers neuf ans, quand la surpopulation familiale – deux nouveaux enfants en plus des trois premiers – a rendu infernale la cohabitation dans le deux-pièces-cuisine de notre bout de maison, je suis allée vivre au grenier, moi aussi, j'ai dormi sur un matelas de balle de son, couvert précisément d'une de ces couettes de plume qu'a évoquées Le Bourhis. Elle était extrêmement douce et confortable. Mais je n'ai jamais vécu là-haut que de mai à septembre ; pour rien au monde je n'aurais dormi au grenier l'hiver. « Un frigo ! » s'exclamait ma mère, qui se bornait à y entreposer des pommes, à côté de son petit capharnaüm personnel, et à y faire sécher son linge pendant les grosses tempêtes d'hiver. Mais moi, j'avais choisi de vivre là-haut ; au premier froid, je pouvais redescendre. Le grenier fut mon refuge. Pour mon père, ce fut l'enfer.

Mais quel enfer au juste ? Dans la France, dans l'Europe d'avant-guerre, et même ensuite, jusque dans les années 1950, ils ont été des dizaines, des centaines de milliers à vivre ce qu'il a vécu, dès lors que leur pays était âpre, loin des routes et du fameux Progrès dont l'instituteur de Cléguérec rebattait les oreilles de ses élèves. Puis, en même temps que tout ce qui avait fait la vie rurale pendant des siècles, ces placements d'enfants pauvres ont disparu. Sans faire le moindre bruit.

Au fait, pourquoi les avons-nous oubliés ? Et si vite ?

*

Je relis les notes que j'ai prises à la volée au-dessus du civet de Roland Le Bourhis. Je cherche toujours à comprendre pourquoi mon père m'a parlé de la soue si tard dans sa vie.

Je traque les indices ligne à ligne. Ils sont minces. Pour l'essentiel, le récit de Roland relate les travaux et les jours des gens de la terre depuis que l'agriculture existe, levers avec le soleil, récoltes perdues pour cause de gel, pluie ou sécheresse, grandes tablées des jours de moisson, bêtes malades, hivers où personne ne sait trop que faire de ses dix doigts. Puis un jour – là aussi le récit est classique – débarque une machine. Une lieuse, en l'occurrence. Je connais l'histoire, elle avait aussi marqué mon père, il m'en avait parlé.

Mais de temps à autre une phrase m'arrête. Ainsi, à la fin d'un long développement sur la routine de la ferme – « La loi, ici, pour les beutjuls comme pour tout le monde, c'était le travail et encore le travail, sept jours sur sept, on ne s'arrêtait que le dimanche après-midi, le matin, on n'allait pas à la messe, pas besoin» – Roland Le Bourhis s'écrie: «Travailler, c'est prier deux fois!»

Je souris: mon père avait exactement les mêmes mots quand il se justifiait de bêcher ou de couler du ciment le dimanche. Il avait dû l'entendre ici.

Un peu plus loin, toujours sur l'épineuse question du travail dominical, le récit de Le Bourhis ressuscite encore un monde où, à chaque instant de la vie, c'est le travail qui définit l'homme: «Ce jour-là, une fois que les beutjuls, comme chaque matin, avaient allumé le feu dans la cheminée, leur seul boulot, c'était de balayer la cour. Mine de rien, c'était à ça qu'on voyait la précision de l'ouvrier: ils devaient faire disparaître le plus petit fétu de paille, le moindre grain de son qui restait dans le plus petit coin.»

Là aussi, la phrase: «C'est à ça qu'on voit la précision de l'ouvrier», je l'ai entendue dans la bouche de mon père, au moment, précisément, où, le dimanche matin, il balayait rituellement le bout de cour qui séparait notre maison du jardin. Comme à Kerlann, il ne s'arrêtait de travailler que le dimanche après-midi.

J'avais d'ailleurs demandé à Roland ce qu'il faisait de ces quelques heures de liberté. Il m'avait aussitôt répliqué: «Il allait voir sa mère. Puis il revenait dormir à Kerlann et la semaine reprenait.»

Pendant quelques instants, il avait paru pensif. Puis avait soupiré: «À l'époque, vous savez, on vivait dans la lenteur. La Nature faisait la leçon à tout le monde.»

La Nature, ou Marie-Anne Le Bihan. C'était par sa mère, je pense, que mon père avait reçu le savoir de la terre, bien avant de venir à Kerlann. Toute démunie qu'elle fût, elle s'était toujours arrangée pour disposer d'un petit champ ; à côté d'une pâture pour sa vache et de quelques pommiers, elle y faisait pousser des légumes. Avant d'arriver ici, le dixième de dix connaissait presque tout de la vie au ras du sol : la patiente alchimie du végétal, du minéral et de l'animal, la soumission à la lune, le respect du forage souterrain des lombrics, la vénération du travail des abeilles, le respect du purin des bêtes, un trésor pour l'engraissage des sols ; c'était aussi au côté de sa mère que, tout petit, bien avant la mort de Gweran, il avait vécu la merveille des merveilles : avec les fruits et les légumes, voir soudain sortir de terre non seulement de quoi manger, mais du goût.

À Cléguérec comme ailleurs en Bretagne, être heureux se dit encore « avoir du goût ». Et quand on annonce qu'on n'a plus de goût, c'est qu'on va très mal ; le siphon du Rien vient de se rouvrir, il pourrait bien, d'une heure à l'autre, ou même dans la minute qui vient, nous aspirer.

*

Justement : en dépit de l'extraordinaire saveur du lard, à Kerlann, du beurre, des crêpes, des civets, des andouilles, des gâteaux d'Anne-Marie Le Bourhis, il n'eut bientôt plus de goût, le dixième de dix dans les nuits du grenier ; et se retrouva, à plusieurs reprises, au bord de l'abîme. Ce qu'il apprenait de neuf – pour l'essentiel, le maniement de la serpe, de la scie à bois, de la hache –, il ne voulait pas l'apprendre. Pour se détourner du gouffre, il n'eut alors qu'une issue : geler la partie de son cerveau qui, à l'école, avait appris. Il lui dit : « Tais-toi », il lui répéta : « Oublie. Oublie que tu as cru à ta mère, à sa colère, à la statue de la Liberté, au Progrès de l'instituteur. La porte qui donnait sur le large s'est ouverte devant toi et puis vlan ! on te l'a claquée au nez. »

Sauf que sa tête n'était pas tout à fait gelée. Dans un de ses recoins restés hors d'atteinte, il y croyait encore, à son instituteur-Progrès, à sa mère confiance et colère. Et il avait de plus en plus de nerzh à mesure des mois, il grandissait, prenait du muscle, du poil au menton, dix ou vingt brins seulement mais qu'il mettait un point d'honneur à raser dans la cour du dimanche matin avec les autres hommes de la ferme.

Un nerzh qui déborda vite de tous les côtés, cheveux de plus en plus noirs et épais, yeux de plus en plus hibou, colère de plus en plus prodigieuse. Après la maladie des premiers jours s'était formé en lui un volcan, une chambre magmatique où se rejoignaient, jaillies du plus profond des temps, toutes les colères de la lignée. Les noires, les rouges, et sûrement d'autres, dont on n'a pas idée si l'on n'a pas été, dès la naissance, marqué au fer du rejet.

Il commença par faire fi de tout ce que lui avaient enseigné sa mère et l'école : la soumission aux règles, la tenue, le droit chemin ; et l'année de ses quatorze ans devint l'incarnation même de la rébellion. Pas un jour sans qu'il se prît le bec avec Le Bourhis. À plusieurs reprises, il marmonna des insultes contre lui. L'autre les entendit, feignit de n'avoir rien entendu. Mais à la première occasion – trois patates pourries dans le tas que son beutjul avait réuni pour le repas des cochons, une vache à qui il restait un peu de merde au cul – Émile Le Bourhis l'humilia.

À la face de tous, au beau milieu de la cour de ferme, devant la pompe, les deux puits et l'abreuvoir des bêtes, là où tout se passait puisque c'était le seul point d'eau du hameau et que les voisins venaient constamment ici remplir leurs seaux.

Anaïk Le Bourhis, depuis sa cuisine, pointait une tête. Malgré la fureur qui noircissait ses yeux de hibou, le beutjul qui ne voulait pas être beutjul quêtait un peu d'aide de son côté.

Jamais un mot en réponse, pas un geste. Seulement qu'est-ce qu'elle aurait pu faire, Anaïk Le Bourhis ? Déjà que son mari lui avait dit : « Pas d'autre enfant. Si je meurs, je ne veux pas qu'on soit forcé de partager les terres ! »

Les terres, il n'avait que ce mot à la bouche. Chaque matin, à l'aube, de la même botte guerrière il partait relever les collets à lapin qu'il y avait dispersés, l'œil aussi insolent que les Rohan quand ils s'étaient emparés du pays après avoir chassé les descendants d'Arthur et de Nominoë. Il n'avait pas encore compris que ses terres étaient sa prison, pour lui comme pour tous ceux qu'il tyrannisait, les beutjuls, les charretiers, sa femme. Pareil à son propre père qui, après une vie passée à les convoiter et à suer sang et eau pour les acheter, se trouvait maintenant relégué, pourri d'arthrose et de rhumatismes, à la garde des beutjuls dans le grenier de la soue.

*

À propos de la porcherie, il n'y a qu'une seule question que je n'ai pas posée à Roland Le Bourhis : celle de l'odeur.

J'avais abordé celle de l'hygiène. Sans barguigner, il m'avait raconté que les jours de semaine, pour toute toilette, les beutjuls remontaient du puits un seau d'eau, sitôt sortis de la soue, et s'immergeaient la tête dedans. La « grande toilette », comme le rasage, avait lieu le dimanche, à l'abri des regards et par petits bouts, après avoir cérémoniellement reçu des mains d'Anaïk Le Bourhis le linge frais lavé et repassé qui devait leur faire la semaine.

Et c'était très spontanément qu'il avait enchaîné sur la dérangeante question de la soue : « Mon grand-père avait construit un système de canalisations ultra-moderne pour évacuer le purin des porcs. Depuis les tout débuts de l'exploitation, l'installation était aux normes. »

Je suis sûre qu'il disait vrai. Malgré tout, je n'avais pu m'empêcher de penser : « Ça devait quand même sacrément puer. Et les vêtements des beutjuls aussi. » Mais comme il avait pris les devants, je n'avais pas osé aller plus loin.

Est-ce si important ? Une réflexion de mon père me revient, un mot qu'il avait eu lors d'une petite expédition chez un paysan des environs de Lorient. Comme souvent, il s'était déplacé pour lui commander des semences de pommes de terre et une barrique de cidre. Dès notre entrée dans la cour de ferme – à peu de chose près, celle de Kerlann –, j'avais été révulsée par l'odeur du purin et je m'étais bouché le nez. « On s'en va, papa, ça pue ! » Il s'était esclaffé : « T'inquiète pas, ça va te passer ! Dix minutes là-dedans et tu ne sens plus rien ! »

La clé est là : son enfer, à Kerlann, ne fut pas de vivre dans le remugle des porcs – chez sa mère comme chez la plupart des paysans du coin, les bêtes vivaient dans la même pièce, seulement séparées d'eux par une mince cloison. Mais depuis l'école et le collier-punition, il avait appris ce qu'était un symbole. Remonter au grenier chaque soir dormir au-dessus des cochons, c'était le signe de l'enfermement immémorial de sa lignée au bas de la hiérarchie des humains. Enfer doublé d'un autre : sous son crâne, la frappe ininterrompue de la rage.

Elle ne s'arrêterait, il le savait déjà, qu'avec la résignation. Il a préféré la vie pleine et entière.

*

Dans un premier temps, ce sont les vaches qui ont pris. De tout ce qu'il avait de rage dans les tripes, il les a détestées, au motif qu'elles faisaient n'importe quoi. À des années de distance, ça le mettait toujours en fureur : « Des bêtes impossibles, les vaches, complètement cinglées. Elles foutaient le camp n'importe où, n'importe quand. »

J'ai plutôt l'impression qu'il les menait à la dure et qu'à la première occasion elles se vengeaient. Il y en eut une qui lui fit un coup particulièrement salopard, vache au sens imagé du mot : elle disparut pendant toute une journée.

Le Bourhis était viscéralement attaché à ses bêtes ; la seule fois qu'il l'avait vu aller à la messe, c'est l'hiver où, coup sur coup, trois de ses bestiaux avaient crevé. À l'idée de la trempe qu'il prendrait s'il rentrait avec une bête manquante, il se dit qu'il n'avait plus qu'à se jeter dans le premier puits venu. Soudain, la vache réapparut. Il lui flanqua une raclée. « Je vais te les faire passer, tes idées de large, garce de vache ! »

Puis il décida : « Il faut que je me sauve, comme elle. Que je les rende fous, les autres, comme cette sale vache m'a rendu fou. Mais moi, j'irai au large et je ne reviendrai jamais. »

Dans l'état où il était, saturé de colère, il ne chercha pas à donner des contours plus précis à son idée du large. Ce ne fut même pas le barrage qui se construisait de l'autre côté de la forêt : il l'avait oublié, depuis qu'il était ici. Il était comme Anaïk Le Bourhis, les charretiers, le vieux grand-père dans le grenier : le petit monde de Kerlann l'avait coupé du monde.

# 12

Il ne parlait plus que breton. Où était allé se perdre son français ? Il ne s'est même pas aperçu qu'il l'avait oublié.

L'écriture, elle, il l'avait encore dans les doigts ; et la lecture au fond de l'œil. Mais qu'avait-il à écrire, à Kerlann ? Pas même une signature au bas d'une fiche de paye : le Vieux réglait son salaire à sa mère de la main à la main, une fois l'an, à la date anniversaire de son placement. Le seul français qu'il lisait, c'était sur les feuilles du papier journal qui, le matin, lui servaient à allumer le feu dans la cheminée d'Anaïk Le Bourhis. Il y cherchait les résultats des courses de vélo. À la première personne qui entrait dans la pièce, il s'en retournait au breton.

Ce fut sa seule liberté, ces années-là. Maudire, *Gast ! Bern kao'ch*[1] *!*, ses vaches en breton, et Le Bourhis aussi, mais de loin, lui, toujours entre ses dents, *Telleg ! Toul foer ! Loen brein*[2] *!* Le bien que ça faisait. Enfin du jour où sa mère lui octroya, les dimanches après-midi où il lui rendait visite, le droit de faire du vélo, il pédala en breton. Sur les petites routes de campagne, la tête farcie de rêves, il se vit, à la première descente,

1. « Putain ! Tas de merde ! »
2. « Tas de fumier ! Trou à chiasse ! Bête pourrie ! »

sacré champion du Morbihan, champion de Bretagne, champion de France, champion du monde. *Bern Tell! Hemañ zo o vont da glevout e skas ganin*[1]...

Son vélo, c'était le vieux biclou de Jean Charles. Il venait de passer de l'Autre Côté pour avoir cuvé un trop-plein de cidre dans un fossé au retour d'un champ. Dans la nuit, il fut pris d'un mal de poitrine qui l'expédia aussi sec. « Nettoyé », selon le mot qu'eut Marie-Anne Le Bihan qui s'en revint du cimetière en narguant le ciel comme d'habitude : « Déjà bien beau qu'il ait tenu jusqu'à soixante-cinq ans. » Le soir même, elle autorisa son petit dernier à enfourcher la bécane du mort. « T'en auras bien besoin quand je baisserai, moi aussi. »

*

Il ne m'a pas dit comment il a appris à tenir sur son vélo. Avec le beutjul, peut-être, qui partageait l'autre lit du grenier. Roland Le Bourhis et mes cousins m'ont affirmé qu'en général la ferme comptait au moins deux enfants placés, un petit d'une dizaine d'années et un garçon plus âgé.

Il ne m'a pas davantage soufflé mot de ce compagnonnage ; il m'a toujours présenté la ferme comme un décor désert où, chaque matin, le Vieux et lui reprenaient leur duel sans merci, seulement suivis de loin, depuis la porte de la cuisine-salle à manger – celle-là même où j'avais dégusté le civet de lapin –, par la figure silencieuse et tragique d'Anaïk Le Bourhis. Roland et mes cousins, eux, m'ont au contraire ressuscité un Kerlann plein de vie et d'animation, où les journaliers, charretiers, tisserands, tueurs de cochon, colporteurs ne

1. « Tas de fumier ! Ils vont voir ce qu'ils vont voir, je vais me venger… »

cessaient de traverser la cour. Ils m'ont répété : là-bas, impossible de s'isoler. La ferme était une équipe et Anaïk Le Bourhis, avec ses tablées généreuses et son art de comprendre les souffrances les plus obscures, s'employait à convaincre les beutjuls que Kerlann était leur seconde famille.

Mon père, par intermittence, se laissa prendre à cette illusion. Elle fut éphémère ; on me l'a dit aussi à Cléguérec, il avait de l'écart, c'était l'héritage des Noirs. Il se tenait à distance, comme sa mère ; et davantage encore comme Gwerann. Un espace constamment ajusté et réajusté ; il l'eut même avec sa femme et ses enfants, jusqu'à la fin. Il parut toujours dire, d'un côté : « Oui, je suis des vôtres, même si je suis différent » ; et de l'autre : « Je suis différent, alors laissez-moi. » Pour survivre, il fallait que son royaume de solitude reste hors d'atteinte. Sans ce barrage, le Rien reprenait tous ses droits sur lui. Il avait besoin, viscéralement, de son mur d'imaginations.

*

Des pierres qui le firent, j'en connais au moins deux. La première fut ce qu'il appela « la feuille remplie de signes mystérieux ». Une page de livre, découverte dans le fossé d'un chemin creux par un lendemain de tempête.

« Je l'ai ramassée, c'étaient des écritures, mais j'étais incapable de les déchiffrer. J'aurais pu la jeter, mais non, je l'ai gardée et je ne l'ai montrée à personne. Tous les soirs, je la ressortais de mes affaires et, dans mon coin, je me cassais la tête à essayer de comprendre ce qu'elle disait. Je reconnaissais certaines lettres, le *o*, le *i*, le *u*. Et des majuscules, le *A*, le *B*, le *M*. Mais les minuscules, je ne les avais jamais vues dessinées de cette façon-là, toute gracieuse et contournée. À la longue, je me suis dit que c'était une feuille que le vent m'avait envoyée pour me révéler les secrets du monde et qu'un jour peut-être ça me rendrait riche, d'avoir ça dans mon sac. Je l'ai gardée très précieusement, pendant des années, sans la montrer à personne, je l'ai même emportée à la guerre, bien pliée dans mon portefeuille, à côté de mes papiers militaires ; et quand on s'est retrouvés coincés à attendre les Allemands, du côté de Malo-les-Bains, et qu'on ne savait plus quoi faire ni même de quoi parler, j'ai demandé à un type du régiment, un instituteur, s'il savait ce qu'étaient ces écritures. Il m'a répondu : "Du grec." J'aurais dû y penser : dans la page, j'avais reconnu le *pi* que j'avais appris à l'école pour calculer le périmètre du cercle. »

Je me souviens très bien quand mon père m'a raconté cette histoire : un jour où j'étais occupée à faire mes devoirs.

Je me rappelle encore mieux comment il l'a conclue. Il a pointé mon livre et mon cahier.

« Et voilà. Maintenant, toi, tu fais du grec. »

Puis il est ressorti dans le jardin.

*

Son autre secret, il me l'a raconté lors de la fameuse expédition que nous fîmes à Cléguérec l'année de mes onze ans. Nous remontions, je ne sais plus où dans la campagne, un chemin creux ourlé de grandes fougères surchauffées par le soleil de juin. Puis un étang et un manoir sont apparus au bout du chemin. Il a alors laissé tomber – sans préambule, comme toujours : « Du temps qu'on m'avait envoyé garder les vaches, j'ai beaucoup aimé une jeune fille. J'allais rôder devant l'endroit où elle habitait. Je la regardais de loin, et elle aussi. On ne s'est jamais parlé. Mais je savais son nom. Elle s'appelait Irène. »

Je suis restée interdite. Comment mon père avait-il pu aimer quelqu'un d'autre que ma mère ? Comment avait-il pu être jeune, amoureux ? J'étais convaincue qu'il était de toute éternité, et pour l'éternité, l'homme mûr et sûr de lui que j'avais toujours connu.

Ma stupeur a dû l'inquiéter : il a eu une sorte de moue, comme s'il regrettait ce qu'il venait de lâcher, et s'est fermé.

J'ai été aussitôt en alerte : j'avais déjà tarabusté ma mère de questions sur le choix de mon prénom. Quelque chose, depuis longtemps, m'avait déjà avertie : il y avait un mystère là-dessous. Ce que m'avaient confirmé les réponses divergentes, et à la vérité plutôt glaçantes, qu'elle m'avait données chaque fois : « Je voulais un garçon, je n'avais pas de nom pour toi, j'ai pris le premier que j'ai vu dans le journal. On avait déjà deux filles, tu n'étais pas attendue. Il y avait une princesse qui venait de naître en Grèce et qui s'appelait Irène. Son nom m'a plu. » Puis un jour, ce fut une version qui recoupait la révélation que je venais d'entendre : « Ton père a donné à ses filles les noms des femmes qu'il a aimées. »

J'ai demandé :

« Avant toi ?

– Oui, quand même ! »

J'avais failli la défier : « Moi, je n'aurais pas accepté ! » Je n'avais pas osé.

Et maintenant que c'était le tour de mon père de me parler de mon prénom, au lieu de chercher à en savoir plus, je préférais laisser se former dans mon esprit un blanc fantôme d'Irène. Un double brumeux, en errance derrière les fenêtres du manoir dont nous étions maintenant proches, une sorte de reine Guenièvre qui allait de-ci, de-là, depuis les rivières fluctuantes du passé jusqu'à la minute présente, sans qu'elle puisse jamais toucher mon Lancelot de père, qui lui-même ne parvenait jamais à l'atteindre.

Puis j'ai levé la tête vers lui. Il semblait toujours aussi soucieux. J'ai alors senti – les enfants, pour ces sortes de choses, ont un don extraordinaire – qu'il y avait un autre mystère derrière ce nom d'Irène et que son heure n'avait pas encore sonné.

J'ai donc passé plusieurs années en compagnie de mon double évanescent, sans rien en dire à personne – surtout pas à ma mère. Convaincue qu'un jour ou l'autre mon père m'en dirait plus. De but en blanc, comme il faisait toujours.

*

Ce rêve d'Irène, cependant, comme la feuille aux écritures mystérieuses et toutes les imaginations qu'à coup sûr il échafauda chaque soir au fond de son lit, ne forma qu'un barrage fragile contre les humiliations d'Émile Le Bourhis. Il céda un matin de mai. Le petit beutjul aux yeux de hibou, d'une seconde à l'autre, déversa sur son maître un monstrueux torrent de colère rouge. En pleine cour de Kerlann, bien entendu, et à la vue de tous, entre la pompe, les deux puits et l'abreuvoir des bêtes.

De cet épisode, à ma mère, à mes frères et sœurs, à moi-même, mon père a toujours livré la même relation, figée dans le marbre à tout jamais : « Ce jour-là, Le Bourhis m'a dit un mot de trop. Alors j'ai pris un coup de sang. Les outils que j'avais dans les mains, je suis allé les jeter à ses pieds. Et j'ai décampé. »

J'ai demandé à Roland s'il savait ce qui s'était passé. Il m'a fait la même réponse que le jour où je l'avais questionné sur les lits du grenier : « Je n'étais pas né. » Puis il a dodeliné de la tête. « Un coup de colère, ça peut toujours arriver. »

Qui avait mis le feu aux poudres ? Kermarrec, que j'ai aussi interrogé, n'en avait pas davantage idée. Mais dans sa jeunesse, il avait croisé le vieux Le Bourhis. « Un sanguin. Et un homme arrogant. Il ne supportait pas la moindre contradiction. »

Mon cousin Pierrot m'a dit la même chose : « Ah ! Monseigneur ! Pour qui il se prenait ! Et ce qu'il était dur ! Surtout quand il avait ses crises de palu ! Il avait attrapé ça en Algérie pendant la guerre de 1914. Quand ça le reprenait, il devenait comme fou. Déjà qu'en temps ordinaire, il aimait bien tenir les gens au bout de sa corde... Mon frère Jeanjean, ton parrain, par exemple, qui chantait tellement bien. Du temps qu'on servait chez lui, ce n'était plus comme à l'époque de ton père ; Le Bourhis, à la fin de la guerre, avait changé de système, il nous payait en billets de mille directement, sans passer par notre mère. Eh bien, mon frère Jeanjean, Le Bourhis ne lui donnait jamais ses sous s'il ne lui avait pas chanté une chanson. »

*

Roland m'a laissé la photocopie d'un vieil article de journal consacré à son grand-père le jour où il fut fait officier du Mérite agricole. L'article est illustré d'une photo. Un cliché d'identité qui encadre sèchement un visage carré et, semble-t-il, rougeaud. Il a la même bouche gourmande que son petit-fils. Mais, contrairement à lui, des yeux durs.

Quand il m'avait montré l'article, Roland avait tenu à me souligner à quel point son grand-père avait l'« esprit moderne ». « Il avait introduit dans la région les engrais au phosphate, me dit-il, et fondé le premier syndicat français des producteurs de pommes de terre. » Pour autant, Kermarrec et mes cousins sont formels : le Vieux menait Kerlann à l'ancienne, en monarque absolu. Dès qu'on franchissait les bornes de ses bois et de ses champs, on relevait de ses lois. C'est très spontanément qu'il se faisait détester.

Il s'en foutait. Il contrôlait les comices agricoles et la distribution des engrais, personne ne voulait se fâcher avec lui. Aucun de ses employés ne partait jamais de Kerlann, il était trop puissant dans le pays.

Le dixième de dix l'a fait. Ni l'un ni l'autre n'ont jamais dit quel était le mot de trop. Ce fut une honte, en tout cas. Pour le puissant, de l'avoir proféré. Pour le dernier des derniers, qu'il lui soit tombé dessus.

Sorti de rien ?

# 13

Marie-Anne Le Bihan n'avait plus assez de nerzh pour la colère. Ni pour la noire ni pour la rouge. Quand, en pleine semaine, et sur le coup de neuf heures du matin, son fils s'est présenté sur le seuil de sa porte, elle a tout de suite compris ce qui venait d'arriver, et choisi d'aller au plus court : « Maintenant tu vas faire quoi ? »

Le coup de sang était passé, il en resta comme deux ronds de flan. Mais Marie-Anne Le Bihan, même si elle continuait à baisser, était restée très vive. Elle a aussitôt désigné la place de Cléguérec. « L'Anglais est toujours là. Ça paye bien, la saison des patates à Jersey. » Et dans l'heure, l'ex-beutjul s'est retrouvé devant la chambre de l'unique hôtel de Cléguérec où, de janvier à la mi-mai, le recruteur anglais attendait ses proies.

L'Anglais engageait tout le monde. Les hommes, les femmes, les vieux, les jeunes qui, comme mon père, ne savaient plus comment s'en sortir. Il parlait breton couramment et ne perdait pas son temps : avant le soir, il lui fit signer le contrat où il s'engageait pour sept semaines à ramasser les pommes de terre dans une ferme de Jersey, départ 4 juin, retour 14 juillet.

« Avec le change, tu te feras salaire double, dit l'Anglais une fois qu'il eut tracé son paraphe en bas de la feuille. Il te faut une valise, des photos d'identité, un costume, un passeport, mais on ira ensemble à Pontivy et je paierai tout. »

Le lendemain, ils étaient à la sous-préfecture. Là encore, l'affaire fut menée tambour battant : moins de deux heures. Où qu'ils rentrent l'Anglais avait des passe-droits, des coupe-files. Avant de faire les photos, il lui fit enfiler une chemise blanche dont le col pendouillait faute d'amidon, un costume trop grand pour lui, un gilet assorti et une superbe cravate en cachemire. Sans doute les vêtements d'un jeune mort, sortis des coffres du bureau de bienfaisance.

Puis ce fut le guichet d'un gratte-papier de la sous-préfecture, où l'Anglais, comme promis, l'aida à répondre au questionnaire indispensable pour l'obtention du passeport. Celui-ci lui fut délivré sans la moindre difficulté. Le sous-préfet le signa deux jours après, le 28 mai.

*

Le précieux document fut établi à la chaîne : dans le nord du Morbihan, ils étaient des centaines, l'été, à migrer vers Jersey. Le fonctionnaire de la sous-préfecture était débordé ; sur la frêle feuille de papier brun-gris qui forme la couverture de ce passeport pour pauvres, il omet le « Le » de « Le Pohon ». À l'intérieur, pas d'adresse précise ni même de date de naissance. « 14 ans, 1 m 51 », se borne à indiquer la page « Signalement ». Le jeune migrant se voit aussi attribuer des cheveux et des sourcils châtains, alors qu'ils sont noir corbeau : et un visage ovale alors que l'anxiété, comme le montre la photo, l'a creusé au point de le rendre dissymétrique. Vraisemblablement, quand il s'est présenté au guichet, l'employé ne lui a consenti qu'un vague coup d'œil ; ensuite, au moment de décrire ses yeux et son nez, il s'est aperçu qu'il n'avait rien noté. Faute de mieux, il a tracé deux abréviations illisibles avant de reprendre, tout aussi indifférent : « Bouche : moyenne. Menton : rond. Teint : ordinaire. Signe particulier : néant. »

À quoi bon se fouler ? À Saint-Malo comme à Jersey, les douaniers se contenteront, comme ici, de jeter un coup d'œil fatigué aux papiers de ces « cultivateurs », comme se sont proclamés tous les candidats au voyage quand on leur a demandé leur profession. Une paperasse, ce passeport. Tout le monde s'en fout ; c'est tellement une formalité qu'on ne lui demande pas de le signer. Pas non plus de timbre fiscal : un peu moins de misère dans le pays, ça arrange les autorités.

Le dixième de dix ne s'y trompe pas. Depuis qu'il a vu l'Anglais, il sait que tout ça pue le mépris mais il n'a pas le choix. Sur la photo, du coup, sa bouche se tord, ses yeux s'égarent ; à l'aplomb de son nez se forme un profond sillon vertical.

Il est mort d'angoisse. Mais fermement décidé à partir. Pas seulement pour l'argent. Pour le large. Le vrai, la liberté.

*

En fait de large, huit semaines durant, il ramassa des patates de cinq heures du matin à sept heures du soir. Il dormait dans un hangar, tout habillé et à même la paille. Il se surprit à regretter Kerlann.

Les seuls beaux jours furent les samedis après-midi et les dimanches sur French Lane, à Saint-Hélier. Pendant des heures, il discuta avec les autres migrants – en breton puisqu'ils étaient tous bretons – et but chopine de cidre sur chopine de cidre. Ça finit chaque fois dans les petits bals, tard dans la nuit, sur fond d'accordéon. Il apprit à danser, approcha ses premières filles.

Des Bretonnes, elles aussi, et plutôt délurées. Elles avaient déjà voyagé. À Jersey mais aussi en Bretagne, à Roscoff, à Lorient. Il se mit à rêver de nouveaux larges. Ce fut aussi à ce moment-là qu'il se dit que sa mère, à force de toucher le ciel, le lui mangeait.

À la mi-juillet, quand il fut rentré à Cléguérec et lui eut donné le plus clair de sa paye, il n'attendit pas qu'elle lui dise, comme l'autre fois : « Maintenant tu vas faire quoi ? » Il prit les devants ; aussi raide que lorsqu'il était allé jeter ses outils aux pieds de Le Bourhis, il lui balança : « Je vais partir faire maçon avec mon frère. Il m'apprendra, je vais lui demander. »

Marie-Anne Le Bihan chercha de quel frère il parlait. Sûrement pas Pierre : avec ses vingt-deux ans de plus, il l'avait toujours intimidé. Quant à Joachim, depuis quelque temps, il était pris à tout bout de champ de colères noires qui effrayaient tout le monde. Par conséquent c'était Joseph.

Elle avait vu juste. En revanche, elle fut surprise de l'intrépidité subite de son dixième de dix. Il n'avait plus peur de rien : l'instant d'après, sans attendre ni sa bénédiction ni sa colère, il courait à la poste, où il demandait au receveur de lui rédiger un modèle de courrier – une lettre, et surtout une lettre de demande, ça ne se faisait jamais en breton. Le postier a accepté. Une fois sa lettre en main, le dixième de dix l'a recopiée en s'efforçant de retrouver ses belles lettres bien d'aplomb du temps de l'école, pour que Joseph voie que c'était du sérieux. Puis il l'a envoyée à Lorient, à l'adresse que sa mère avait fini par lui donner.

Il n'a jamais eu de réponse.

Sa mère a compris la première : Joseph n'avait absolument aucune envie de s'embarrasser des quatorze ans de son petit frère : un poids mort, dans sa vie de jeune homme.

Mais, depuis Jersey, rien n'arrêtait plus le dixième de dix, et il avait constamment des idées incroyables. Lorsque Marie-Anne Le Bihan a sifflé que Joseph ne lui répondrait jamais, il ne s'est pas laissé démonter.

« Alors je vais lui faire un télégramme.

– Un télégramme ? Personne n'est mort !

– Tu ne seras pas bientôt morte, toi, si je ne trouve pas de travail ?

– Mais un télégramme, ça coûte une demi-motte de beurre !

– J'ai gagné beaucoup d'argent à Jersey. »

Puis il s'est fait tellement droit, tellement raide devant sa mère que ç'a été lui, ce jour-là, qui a touché le ciel. Avant la nuit, le télégramme était parti.

« Mais pas de réponse non plus, se souvint-il, je n'en ai pas dormi pendant huit jours. Puis un matin, ni une ni deux, j'ai ressorti la petite valise noire que l'Anglais m'avait donnée pour aller à Jersey ; j'ai entassé dedans toutes mes affaires, j'ai pris du pain, une chopine de cidre et ensuite, sans rien dire à ma mère, j'ai enfourché le vieux vélo de Jean Charles et j'ai filé sur la route de Lorient. »

# 14

L'air salé n'est pas venu tout de suite, il a fallu qu'il le mérite. Les côtes ont été longues et dures, presque aussi longues et dures que les nuits de Kerlann.

Il a tenu en se disant qu'après les côtes, fatalement, il y avait les descentes qui filaient-filaient-filaient au fond des vallons gorgés de fougères fraîches, de bruyères en pleine floraison. Il aimait leur odeur ; elle l'aidait à attaquer la nouvelle côte, à l'avaler comme celle d'avant, mâchoires verrouillées, allez, pousse donc, et pousse encore, t'as bien dit un jour que tu serais champion du monde, non ? – enfin, champion du Morbihan.

C'est ainsi, coup de pédale après coup de pédale, qu'il a vu s'ouvrir devant ses roues les terres étranges dont lui avaient parlé les petites Bretonnes de Jersey, ces coins où toutes les fermes avaient des toits de chaume et des greniers pourvus d'une fenêtre et d'une échelle, tout ça ouvert aux quatre vents. C'était aussi la promesse, avaient ajouté les filles, que Lorient approchait. De fait, l'heure d'après, l'air s'est mis à sentir la vase et le goémon.

À plusieurs reprises, il a dû mettre pied à terre pour demander sa route. Mais plus le vent était salé, moins il comprenait le breton qu'on lui servait, chuintant, impossible à suivre ; et quand il est entré dans la ville, enfin, et qu'il a tendu aux passants l'adresse de son frère, on lui a chaque fois répondu en français.

Il n'a rien compris, il s'est senti perdu. C'est là qu'il s'est dit : « Il y a quatre ans j'étais une lumière et maintenant je ne suis plus rien. »

On a fini par le conduire par l'épaule, comme un petit vieux sourdingue, jusqu'à l'endroit où logeait son frère, une rue étroite, à deux pas du port. Il n'a pas osé entrer dans l'immeuble, une sorte de haute et sinistre vieillerie de quatre ou cinq étages où Joseph, selon sa mère, occupait une chambre meublée. Il était deux heures de l'après-midi. Il a pensé que son frère était au travail ; il s'est mis à l'attendre dehors, face à l'immeuble décrépi, la peur au ventre. Peur de rater Joseph. Peur de se faire rembarrer. Peur de devoir passer la nuit à la belle étoile. Et peur de parler : quand des gens passaient dans la rue, qu'ils parlent français ou breton, il ne reconnaissait qu'un mot par-ci par-là.

Joseph a déboulé sur le coup de sept heures du soir, entouré de toute une bande d'ouvriers. « Je n'ai pas eu à parler, me confia-t-il. C'est Joseph, quand il m'a vu, qui a perdu sa langue. Quand il l'a retrouvée, il bégayait, dans un breton que je comprenais, pour le coup, c'est là que j'ai saisi que le breton n'était pas le même, sur la côte. "Alors… Alors t'es là ! Alors t'es venu ! Alors tu le veux, être maçon ! Maçon, tu le veux vraiment ?" Le lendemain, j'étais sur son chantier. J'ai commencé par faire manœuvre, je portais les sacs de ciment et les seaux d'eau. »

Il n'a pas desserré les dents de toute la semaine, en dehors des réponses qu'il faisait à son frère en breton de Cléguérec : tous les ouvriers du chantier parlaient français. Pour éviter d'avoir à ouvrir la bouche, il s'est fait oublier, n'a pas perdu une seule goutte de son seau d'eau, pas gâché la moindre pincée de ciment. Réglo, comme à l'école. Éteinte, la colère de Kerlann.

Puis vint le samedi après-midi où le contremaître, selon le rite, fit son entrée sur le chantier pour distribuer solennellement à chacun sa liasse de billets. Aussitôt, les ouvriers se jetèrent dans les rues pour les dépenser.

La suite, mon père me l'a racontée après la parution d'un livre où j'avais parlé de lui. Il la condensa en deux phrases qui ressemblent à la chute d'une nouvelle : « Je ne savais plus rien quand je suis arrivé à Lorient, j'ai dû repartir à zéro. J'ai appris le français en étudiant la grammaire que je me suis achetée avec ma première paye et en écoutant les gens. »

Il ne me l'a pas dit, mais dans la valise noire offerte par l'Anglais, j'ai aussi trouvé, au milieu des papiers qu'il m'a laissés, une grammaire de breton vannetais.

Car c'est ici que s'ouvre l'époque des livres. Et des lettres, des carnets.

# 15

J'avais rapidement inventorié la valise de l'Anglais. Pour l'essentiel, elle contenait des documents remontant aux années 1930 et 1940. Quelques photos, des agendas, des calepins, des cartes syndicales, un dictionnaire de poche allemand-français, plusieurs grammaires, l'*ausweis* dont il disposa pendant une partie de sa captivité en Allemagne, les lettres que ma mère et lui échangèrent durant la guerre. Plus quelques feuillets dactylographiés rédigés en 1938 par un voyant parisien, un certain Sirma, ainsi que trois ouvrages petit format publiés par Alphonse Lemerre et qui préfiguraient les éditions de poche : *La Bonne Chanson* de Verlaine ; *Les Diaboliques* de Barbey d'Aurevilly et les *Méditations* de Lamartine.

Lors de ce bref inventaire, j'avais laissé de côté les carnets qui couvraient les années d'avant-guerre. Dans un banal mouvement de curiosité, je préférai feuilleter ceux qu'il avait écrits pendant sa captivité en Allemagne. J'y découvris des pages surprenantes, des récits de rêves, des poèmes, de très longues listes de mots allemands.

En revanche, j'eus du mal à lire les lettres de mes parents. Leurs écritures, pourtant, étaient parfaitement lisibles. Je les ai fait scanner. Ça n'a rien changé ; il m'a été impossible, pendant des années, de pénétrer dans ce mausolée électronique.

Maintenant, c'est chose faite, j'y suis entrée ; j'ai envie, du coup, de me confronter à la matière de ces archives. Surtout à celle des carnets. Je veux éprouver sous mes doigts leur fragilité ou leur résistance, leur grain, leurs dimensions, leur poids ; suivre ligne à ligne, sans aucun truchement, les mouvements de la plume ou du crayon de mon père, leurs variations, hésitations, vacillements, remords. J'ai l'impression que mon père est là, à mes côtés.

Je remarque ainsi que ses calepins sont petits, légers, faciles à cacher : dès l'avant-guerre, il se méfie. Il est syndiqué, antifasciste, proche du Parti communiste, il n'y consigne aucun nom. Je m'aperçois aussi qu'à la veille de son mariage il se met à tenir ses comptes au centime près. Voilà qui raconte assez sa « vie d'oiseau sur la branche », comme il disait : la peur de manquer et son désir de se trouver au plus vite une nouvelle famille.

Mais aussi, rayonnantes, les trouées de la joie. La rencontre avec une femme qui vient tout chambouler. Des équipées à vélo, à moto, des journées à la mer. Des étreintes, des chansons, des bals. Et chaque année, avec le printemps, son émerveillement devant la subite explosion de lumière et de fleurs. Il ne s'en lasse jamais, même derrière les barbelés nazis. Chaque fois, la naïve espérance que la beauté du monde soit la promesse de sa bonté.

Enfin, quand le Rien revient lui flanquer la tête sous l'eau, ces trois prodigieux coups de pied au fond du fond : lire, étudier, écrire. Il regagne instantanément l'air libre.

*

Sur toutes les photos de cette époque-là, il a dans l'œil l'étincelle héritée de Gwerann. Et beaucoup plus. La beauté lui est tombée dessus.

La vraie. Celle qui surclasse l'harmonie du corps et des traits.

Il n'a jamais aimé parler de ça. Chaque fois que je lui ai montré une vieille photo de lui, il a haussé les épaules. « C'était la jeunesse ! » Il disait toujours jeunesse et non beauté ; et jeunesse aussi à la place de joie. Pour lui, ces années où il apprit son métier de maçon, d'abord dans l'ombre de son frère puis, très vite, en volant de ses propres ailes, ce fut le bonheur, la fierté de s'inscrire, enfin, dans la tradition de sa lignée : le travail de la pierre.

Ses progrès furent spectaculaires. Dès que Joseph lui montra un tour de main, il sut le reproduire et, quand il ne lui montra rien, il apprit aussi : il avait toujours l'œil aux aguets, épiait, tentait de comprendre la visée du geste, son économie. Il le copiait ensuite jusqu'à le rendre exact, parfait.

À la même époque, il prit l'habitude de répondre, quand on lui demandait comment il allait : « Je suis d'attaque. » Ou, empruntant ses images à son nouveau métier : « Je suis d'équerre, je suis d'aplomb. »

Et il l'était, d'attaque, d'équerre, d'aplomb. Un jour, il se présenta chez un patron comme cimentier, alors qu'il n'avait jamais eu que des emplois de manœuvre. Il fut embauché sur l'heure. Un peu plus tard, vers dix-neuf, vingt ans, à la veille de son service militaire, il récidiva, cette fois en annonçant qu'il était maçon. Là encore, il fut embauché. Il ne déçut jamais, on le redemanda. Il finit par bien gagner sa vie.

Au vu de ses photos, je me dis que ce n'était pas seulement son côté réglo ni sa maîtrise du métier. Il en imposait. Il ne dépassait pas un mètre soixante-cinq mais il avait de l'allure. On ne voyait que lui quand il entrait quelque part. Cependant personne ne lançait : « Voilà le beau Jean ! » On disait : « Tiens, voilà Jean. » Sans point d'exclamation.

C'est qu'il continuait de promener sur les gens et les choses son œil de hibou. On voyait bien qu'avec lui, en dépit de son sourire franc, la gravité n'était pas loin. Alors on faisait silence.

Rien à voir avec le plomb qui tombait au passage de Marie-Anne Le Bihan. Lui, dès qu'il fut à Lorient, il eut la colère secrète. Il parlait peu, c'était la fierté noire, la peur de se retrouver en situation d'avouer qu'il avait servi chez Le Bourhis. Quand on lui demandait ce qui l'avait conduit à « quitter les terres », comme on disait, il répondait qu'il avait suivi son frère, sans plus.

On ne poussait pas plus loin. Entre lui et les autres, il maintenait fermement cette distance millimétrée qu'il avait établie dès sa prime enfance, et que j'ai nommée son écart.

Ce mystère a attiré les filles. Elles ont toujours fait les premiers pas.

Il rompait vite, en souplesse, sans faire de dégâts ; il n'aimait pas faire souffrir. Il prenait la tangente, fréquentait un autre cinéma, un autre petit bal du samedi soir. Il dansait bien, son allure et sa belle tignasse noire lui épargnaient le baratin. Ça durait ce qu'il avait décidé que ça dure et pffft ! à nouveau, il s'évanouissait dans la nature.

Vers vingt ans, tout de même, peu avant son service militaire, il prit conscience de sa beauté. Et aussitôt, craignit de la perdre. De la mouise originelle surgit alors Narcisse. Il se ruina en achats d'eau de Cologne, brillantine, peignes, blaireaux, glace à trois faces. Il s'acheta un vélo dernier cri et cette garde-robe de plus en plus fournie que je découvre au fil des photos : un nouveau complet, plusieurs pulls en V, une paire de derbys, un pantalon blanc de tennisman à taille basse et revers qu'il assortit, très dandy, à une chemise crème à col effilé bleu marine. Enfin le clou : un maillot de bain noir à fines bretelles qui dégageait artistiquement une partie de son torse.

Ma mère, du carton où elle entreposait les photos de famille, sortait souvent un cliché de lui dans ce maillot. Il se souvenait parfaitement de la journée d'août où il avait été pris. Son frère l'avait emmené à la plage avec des ouvriers de Lorient et leurs délurées petites amies. Lui, Joseph, c'était un concentré de nerzh et rien d'autre : un mètre cinquante-cinq, des traits durcis par la vie de chantier, un début de calvitie qu'il dissimulait sous un petit béret de cuir. Lorsqu'il découvre, sur la plage, l'ancien dixième de dix en maillot de bain de dandy, il est si éberlué qu'il sort son Kodak. Mais il est encore plus stupéfait la semaine d'après quand ils vont ensemble retirer les clichés chez le photographe qui a développé la pellicule.

« Même à moitié à poil, t'as toujours l'air d'un milord ! Comment tu fais ? »

L'ex-beutjul perd tout de suite pied. Il n'arrive qu'à bafouiller :

« Les filles disent que j'ai le chic pour trouver de beaux habits.

– Mais t'as aussi le chic pour les porter ! Et ça, ça s'achète pas ! »

Là encore, il ne sait que dire. Faute de mieux, et comme s'il s'excusait, il propose :

« Je peux te donner le nom des magasins où je trouve mes affaires. Si tu veux, on peut y aller ensemble...

– Laisse ! »

Joseph a saisi que ce n'est pas une question de magasins. Son jeune frère est habité par quelque chose de très rare, qui surclasse la beauté ; et ce miracle, il l'a aussi compris, est hors de sa portée. Il préfère en rester à son éblouissement.

*

Des temps radieux, je pense, cet avant-guerre. Je le lui ai dit. Il a aussitôt corrigé : « Des temps d'inconscience. Même au service militaire, je n'ai rien vu venir. » Puis il a répété, un brin mélancolique : « La jeunesse. »

Il disait vrai. À la lecture du premier des carnets de la valise, celui qui couvre la période 1935-1937, la période où, appelé sous les drapeaux, il fit ses classes à la caserne de Quimper, je découvre un jeune homme qui ne se pose aucune question. À Kerlann, il en a tellement vu qu'il se fait sans difficulté à la rigueur de la vie militaire. Marches de nuit, corvées de chiottes, assiettes de fayots, il endure tout sans broncher. Sa confiance en lui reste intacte.

J'en vois la marque la plus éclatante dans les notes où, sur son premier carnet, il résume les menus événements qui jalonnent sa vie militaire : montées en grade, permissions, déplacements pour les manœuvres à Coëtquidan et en Normandie. Il habite la langue française comme son uniforme, impeccablement. Pas une faute d'orthographe, aucune faiblesse de syntaxe. Et l'écriture au cordeau qui lui valut tant de bonnes notes à l'école. Son seul tourment, c'est l'argent : sa solde est dérisoire. Impressionnés sans doute par sa constance, sa volonté et tout le chemin qu'il a parcouru depuis Kerlann, Joseph et Pierre acceptent de voler à son secours. Ils ont pourtant leur mère à charge : elle vient de tomber malade. Elle a dû partir s'installer dans un minuscule bout de maison, à l'autre bout du village. Plus d'argent mais surtout plus de nerzh. Elle touche encore le ciel, mais seulement quand elle met le nez dehors, et encore ; elle rentre très vite chez elle, s'assied devant sa cheminée et n'en bouge plus, fermement résolue à ne gagner son lit qu'à la veille de sa mort, comme Gwerann, comme Jean Charles.

Quand il l'apprend, l'ex-dixième de dix est bouleversé. À la première permission, il enfourche son vélo et pédale jusqu'à Cléguérec. Mais à peine arrivé, sa mère lui donne le change. « Rien que de la vieillerie, ce que j'ai ! Tu vois bien que je tiens sur mes jambes ! Allez, va faire un tour sur ton vélo, profite quand il est temps ! »

Il se laisse convaincre. La jeunesse, toujours.

Et la jeunesse encore quand il voit monter le Front populaire. Il s'exalte, se passionne, épluche les journaux ; puis, quand il apprend que Blum a gagné, la joie le rend quasi fou. Il n'entend plus les ordres de son lieutenant, ne voit plus les murs de sa caserne, murmure à tout bout de champ : « Alors c'est vrai... » Il en a rêvé pendant des mois, mais n'en revient pas, que les vieux touchent un jour une retraite et que ça dispense les petits derniers de trimer pour nourrir leurs parents. Par là-dessus les congés payés, l'assurance-chômage, l'assurance-santé ! « Ça m'a fait l'effet de l'orange que Jean Charles a déposée dans mes sabots, un Noël », s'émerveilla-t-il encore le jour où il apprit à mon mari qu'il avait vécu dans le grenier d'une porcherie. « Un miracle. Mais j'en voulais toujours à Le Bourhis. Je suis retourné à Kerlann. C'est là que j'ai réparé la soue et mis ma plaque dessus. »

Ce fut lui, en réalité, qu'il répara. Et le Vieux Le Bourhis a eu l'intelligence de le comprendre. Non seulement il l'a laissé faire, mais il a conservé la plaque de son ex-beutjul. Pas seulement parce que ça l'arrangeait – la rébellion du gamin et son départ précipité avaient fait un petit scandale dans Cléguérec. Mais par respect du métier. Il l'avait bien observé quand il s'était attaqué au linteau descellé du mur de la porcherie ; et tout de suite vu qu'il avait affaire à un ouvrier de première. Or le bon ouvrier, pour Le Bourhis, c'était sacré.

Donc aucune hésitation quand l'ancien rebelle lui demande, pour prix de son travail, le droit d'inscrire son nom sur la soue : depuis la nuit des temps, c'est le droit du maçon, sa noblesse. Bien entendu, il saisit le message du « 1936 ». Mais passe outre. Lui, de toute façon, les congés payés, les points de retraite, les assurances-santé, il s'en contrefout. Les lois de Paris, pas demain la veille qu'on les verra entrer à Kerlann. Moyennant quoi, comme il y a eu dispute, qu'elle n'est pas à son avantage, que ce beau rebelle a une sacrée ressource de nerzh et qu'on ne sait jamais comment ça peut tourner avec des types comme lui, passionnés, exaltés, la meilleure solution, c'est la paix des braves.

Mon père l'accepte. J'imagine la scène : la bouteille de cidre de poire, du meilleur, qu'on ouvre dans la cuisine ; le plafond noir et bas, les mouches qui viennent toutes les dix secondes vous sucer la sueur ; on les chasse du plat de la main, dix secondes après elles reprennent leur manège. Le cidre est frais, on trinque ; peut-être qu'un civet de lapin de garenne mijote sur le trépied de la cheminée. De l'autre côté de la table, c'est l'éternelle bonté d'Anaïk Le Bourhis, installée à jamais sur les terres de la résignation mais toujours aussi fine, aussi tendre. Le temps de vider la bouteille de cidre, l'ancien beutjul oublie sa vie au cul des vaches, ses hardes qui empestaient le purin, ses années de colères noires, sa peau de paria.

Je suis sûre que Le Bourhis et lui, au premier verre de cidre ou au dernier, se sont réconciliés : je trouve trace, sur le carnet de mon père, de deux autres passages à Kerlann, en août et en septembre, assortis de la mention « Petits travaux chez Le Bourhis » et de sommes d'argent plutôt coquettes. Payées au noir, évidemment.

Il y eut enfin cette phrase d'Anaïk Le Bourhis – simple mention de mon père au détour d'une conversation sans qu'il précise quand au juste elle la prononça. Mais elle l'eut et ça le marqua : c'étaient les mots qui ouvraient la route du mariage, *Yannick vihan, arabat morse chom da hunan ez puhez* – « Mon petit Jean, dans la vie, faut jamais rester seul. »

Alors maintenant que j'ai fini de lire son carnet, je le vois qui embrasse Anaïk Le Bourhis, respire sur sa peau fanée l'odeur de son pain, de ses crêpes. Son enfance, en somme ; et tout ce qui rassemble, au-delà de leur condition, la tribu des humains. Puis il s'en retourne à sa caserne en avalant les côtes à toute berzingue dans son trente et un de cycliste, béret noir enfoncé jusqu'aux yeux, chemisette d'un blanc immaculé, pantalon ajusté au petit poil par ses pinces à vélo dernier cri. Porté comme jamais par son nerzh.

Trois fois, cette année-là, il fait ce trajet à vélo entre Kerlann et sa caserne. À la troisième, par un après-midi de septembre, alors qu'il n'est plus qu'à vingt-cinq kilomètres de Quimper, sur la route de Rosporden, sa vie soudain se fend.

# 16

On était au début de l'automne mais il faisait une chaleur à crever. Mort de soif, il mit pied à terre pour se désaltérer dans un café. À peine entré, il fut foudroyé par la beauté d'une jeune serveuse. Elle aussi.

De ce soir-là ils furent amants, de ce soir-là ils vécurent dans la seule attente de leurs retrouvailles. Elle ne pouvait pas quitter le café ; c'était toujours lui qui venait, à la première permission. Ils étaient si fous l'un de l'autre qu'un soir, lui qui était l'exactitude même regagna sa caserne avec quarante-six minutes de retard.

Quarante-six, deux fois 23, chiffre fatal. Aussitôt, on le mit aux arrêts. On ne l'y reprendrait pas. Mais il ne cessa de retourner à Rosporden. Dès qu'il avait une permission, il enfourchait son vélo et fonçait là-bas.

Les notes de son calepin de l'armée sont espacées et extrêmement brèves, impossible de savoir où les amants se retrouvaient. Dans les forêts, sans doute, c'était l'usage pour les amours clandestines. Ils durent aussi, de temps à autre, être hébergés par des gens de la région ; il profitait de ces équipées pour se faire un peu d'argent dans le ramassage des petits pois – peut-être un tuyau qu'elle lui avait donné.

Puis un soir, presque un an jour pour jour après leur rencontre, la foudre s'abat à nouveau sur lui, cette fois à la caserne, sous la forme d'un télégramme. Le

23 septembre, le jour même de son vingt-troisième anniversaire et à vingt-trois heures sonnantes, sa mère est passée de l'Autre Côté.

Le carnet s'arrête là. La suite, je la tiens de ma mère, qui me l'a racontée l'année de mes seize ans. Un mois après, son service militaire s'achevait. Il décida de rentrer à Lorient pour chercher une embauche de maçon. Sur la route, il s'arrêta bien sûr au café de Rosporden et, sitôt entré, annonça à la belle serveuse : « Cette fois-ci, on se marie. »

La réplique se fit attendre, mauvais signe. Elle finit par tomber : « Je suis déjà engagée. »

D'après ma mère, il a tout de suite compris ce qui s'était passé : elle aussi, elle avait voulu l'épouser et s'en était ouverte à ses parents. Qui s'étaient aussitôt récriés : « Mais belle comme tu es, tu ne vas tout de même pas te caser avec un petit ouvrier ! Si ça se trouve, il n'est même pas maçon, seulement manœuvre ! Tu vaux mieux que ça ! »

Il n'a pas protesté, pas cherché à en savoir plus, pas demandé de comptes. L'instant d'après, il est remonté sur son vélo. Lorsqu'il a été en vue de la grue et de la vigie de la Compagnie des Indes qui signalaient Lorient, sa décision était prise : « Terminé, les histoires de femmes. »

*

« Elle s'appelait Irène, la fille de Rosporden, m'a lâché ma mère à la fin de son histoire.

– Comment tu sais ça ?

– Ton père m'a tout dit après la guerre. »

J'ai pensé : « Quel ballot. Jalouse comme elle est. »

Et malgré tout piquée de curiosité, j'ai demandé :

« C'était une fille de Cléguérec ?

– Pas du tout. Elle n'avait jamais bougé de Rosporden, d'ailleurs elle s'est mariée dans le coin, avec un type de Concarneau. »

Il y avait donc eu deux Irène ; et, manifestement, ma mère ignorait tout de sa muette passion de Cléguérec. Seulement moi, qu'est-ce que je venais faire là-dedans ?

Au fait, ce « là-dedans », c'était quoi ?

Puis même question qu'après la confidence de mon père devant le manoir de Cléguérec : pourquoi ma mère avait-elle accepté de m'appeler Irène ?

À présent elle récriminait. Ou se vantait, je n'aurais pas su dire : « Ton père, de toute façon, avant de me connaître, les filles… Il n'avait pas à se fouler, elles étaient toutes pendues à ses basques. Mais il m'a connue, on s'est mariés, ensuite il y a eu la guerre, et alors… »

Elle n'a plus rien dit. Je ne suis pas allée plus loin, j'étais abasourdie. Et surtout gagnée d'une sourde fureur : moi qui m'étais si longtemps crue l'unique Irène, voilà que je me retrouvais reléguée encore plus loin dans l'ordre des amours de mon père. Irène III, maintenant, après Irène Ire et Irène II. J'en ai perdu la parole.

*

Ma mère ne m'a pas dit à quoi ressemblait Irène II. J'aurais bien voulu trouver une photo d'elle dans la valise de l'Anglais.

Mais aucune trace. Pas de lettres, aucune photo. Je suis condamnée à ne savoir de cette passion que ce que j'en imagine à partir du récit de ma mère. La route, autour du vélo de mon père, qui sentait la fougère rousse, les dernières mûres, les bogues de châtaignes prêtes à se fendre. La transpiration le noie, sa langue se dessèche, il avise le premier café, met pied à terre, ajuste son antivol, défripe ses vêtements, sort son mouchoir, s'essuie, se repeigne avec un soin maniaque devant un reflet de vitre puis fait son entrée dans le café comme toujours où qu'il aille, droit et splendide, suivi de sa traîne de mystères. Il se dirige vers le comptoir ; ça sent maintenant le Byrrh, la bière, le Cinzano, le vin d'Algérie, le Saint-Raphaël Quinquina. Encore aveuglé de soleil, il se commande un bock bien frais. Et voilà qu'accoutumé, enfin, à la pénombre du café, il voit une femme. Il sait alors que c'est elle, pas une autre.

Et elle, relevant la tête du zinc qu'elle est occupée à frotter, le voyant à son tour, sait aussi que c'est lui.

La différence avec Irène Ire, c'est qu'elle ne m'apparaît pas, Irène II, comme un vaporeux fantôme. Je sais que c'est une femme de chair et de sang, qu'elle a des seins, un sexe, des aisselles, une odeur ; je sais aussi que très vite, après la bière mousseuse et fraîche, elle et mon père ont partagé leur salive et leurs sueurs. Et que de ce mélange-là, ni l'un ni l'autre ne se sont jamais remis.

Elle non plus, elle n'a pas réussi à oublier cette passion. Selon ma mère, elle voulut le revoir. C'était après la guerre. Elle réussit à retrouver sa trace, lui écrivit. Lui aussi voulut la revoir. Ils étaient tous les deux mariés.

# 17

Dès qu'il se retrouve à Lorient, il est rejoint par la banalité de l'époque. Un ouvrier comme on en voit dans les images d'avant-guerre, cassant la croûte sur les chantiers, payant des tournées aux copains du syndicat après la réunion mensuelle, enfin l'honneur que c'est d'arriver tous les matins à l'embauche en arborant la casquette qui, avec le bleu de travail et les pinces à vélo, fait la gloire du métier.

Pourtant il se sent exilé. Irène II lui manque. Et sa mère. Il pense souvent à elle, inconsolable de l'avoir vue partir en terre entre quatre planches de rien. Pour la première fois depuis sa fuite de Kerlann, il réalise qu'il est un homme des terres. Pas son monde, la mer qui, deux fois le jour, engorge la rivière puis, découvrant à nouveau ses molles et grises vasières, retransforme l'estuaire en lit vide et défait. Il ne sait pas nager, n'a jamais fréquenté les plages que pour y dénicher des coques et des palourdes, il gratte le sable en paysan, comme les sillons de Kerlann lors des récoltes de patates. Et puis Joseph a quitté Lorient ; il vit maintenant à Rennes, où il s'est marié.

Il y a bien Joachim, près du port de pêche, mais il est de plus en plus hanté d'idées noires. Si misanthrope qu'un jour il lui claque la porte au nez.

Il reste un moment à rôder, hagard, devant la maison de Joachim : comment peut-on refuser l'amour d'un frère, comment peut-on le repousser ? Et pourquoi la vieille tribu de Bot Er Barz, unie pendant tant de siècles par le mystère des pierres, se défait-elle ainsi, les uns à Cléguérec, les autres au large, et celui-là rongé d'angoisses et de rancœurs indéchiffrables ? La vieille fatalité de la forêt, du rejet derrière le Stang Ihuern ?

Il redevient le dixième de dix, ce jour-là, il se sent seul comme dans le grenier de Kerlann, absolument perdu.

Il ignore encore que c'est sa chance. Les soirs suivants, comme il trouve le temps long, dans la petite chambre meublée qu'il s'est louée près du port, il se met à lire. Ce qui lui est tombé sous la main à la librairie en farfouillant au petit bonheur la chance : des revues d'histoire, des manuels d'astronomie, de la poésie. Il s'entiche tout particulièrement de *La Bonne Chanson* de Verlaine. Ce recueil, il l'aime autant pour les passages qui lui rappellent Irène II – « J'ai presque peur, en vérité / Tant je sens mon âme enlacée / À la radieuse pensée / Qui m'a pris l'âme l'autre été… » – que pour les poèmes qui lui font entrevoir ce que pourrait être le bonheur conjugal – « Nos deux cœurs, exhalant leur tendresse paisible / Seront deux rossignols qui chantent dans le noir. » Il rêve maintenant de se marier.

Ça aussi, c'est la banalité, l'ordre des choses. La phrase d'Anaïk Le Bourhis lui est revenue et, depuis, elle ne cesse plus de lui trotter dans la tête. Chaque samedi soir, brillantiné comme un acteur de cinéma, il oublie ses livres et court au bal.

Autant de conquêtes qu'avant Irène II. Mais toujours quelque chose qui cloche. Ça ne donne jamais rien.

Un matin, la ville se couvre d'affiches : 12 MARS 1938, SALLE DES FÊTES DE LORIENT, GRAND BAL DE NUIT DES

OUVRIERS DE L'ARSENAL, ORCHESTRE JOB LE HEN, TENUE CORRECTE EXIGÉE, SERVICE D'ORDRE ASSURÉ PAR LE SYNDICAT DES OUVRIERS RÉUNIS DU PORT, TICKETS EN VENTE À LA BOURSE DU TRAVAIL.

Pour les cavaliers[1], indique aussi l'affiche, réduction de cinquante pour cent. En revanche, pour les filles, plein pot.

« Et pour leurs mères aussi ! lui apprend un copain. Tu parles, le Grand Bal de nuit, la meilleure occase de l'année, si elles veulent caser leurs filles ! »

Il court s'acheter un ticket.

Je l'ai retrouvé. Il est de couleur orange et paraît frais sorti de l'imprimerie. Il s'était égaré entre deux *kriegsgefangenenpost* expédiés depuis le Stalag IX B en mars 1943.

*

Le Grand Bal de nuit de l'arsenal, c'est le clou de l'année ouvrière. Cette année, le syndicat a mis le paquet : Job Le Hen, un as de l'accordéon. Pas bon marché, mais personne n'a voulu mégoter : les gens sont inquiets, on a besoin de fêtes. Donc on va danser jusqu'à deux heures du matin, sous les yeux des vieilles pies qui chaperonnent leurs donzelles et surveillent jusqu'au bout l'avancée des affaires. Bien obligées ; comme on dit au port de pêche, les filles, c'est comme les sardines : à la belle, à la fraîche ! Meilleur quand c'est juste sorti de l'eau.

Job Le Hen est vraiment un as. Pour la première danse, quand les colombes s'avancent timidement sur le parquet ciré et se mettent, toutes rougissantes, à danser

1. Les hommes célibataires.

ensemble, il y va mollo-mollo : ça donne aux cavaliers, regroupés en petits pelotons dans chaque angle de la salle, tout loisir de faire leur choix.

Ensuite, pleins gaz, la valse. Et dès que les filles ont regagné leur chaise à côté de leur mère, avant même que les gars aient foncé sur leurs proies – « Grouille-toi, va pas te faire griller par un autre, et fais gaffe au parquet, faudrait pas que tu te casses la gueule devant tout le monde ! » –, Job Le Hen passe au tango : c'est là que les cavaliers vont faire le tri, distinguer les ardentes des mollasses, les pimbêches des délurées, les filles-papillons de celles qui sont là pour du sérieux.

Dans la foulée, rumba. Puis re-valse, et re-tango. À partir de là, si le cavalier garde sa cavalière, c'est parti pour la grande romance. Bon an mal an, il sort du Grand Bal de nuit une bonne dizaine de mariages.

À la cinquième danse, au pied de la scène, un beau gars sélect comme pas deux chuchote à l'oreille d'une très jeune fille. À tous les coups, il doit lui annoncer son rang dans la hiérarchie ouvrière. Ça doit convenir à la fille : elle affiche un petit air fiérot. Et lui, de son côté, la serre de plus près.

Elle est mignonne et souple, elle semble docile, gentille. Mais très émotive : à minuit, quand sa mère, une petite paysanne à coiffe, se soulève de sa chaise et vient grincher : « Allez, on va se coucher ! », elle manque de fondre en larmes. Puis elle supplie : « Une dernière, maman, rien qu'une dernière… »

La mère cède. C'est maintenant l'heure des valses lentes, des vieilles chansons que l'accordéon étire pour faire durer le plaisir. Le gars sélect tire la tête de ceux qui se disent : « Pourquoi pas ? Faut voir. » La fille, elle – dix-sept, dix-huit ans, les mains qui tremblent, le sang aux joues et le cœur qui bat trop fort –, s'abandonne en rêvant : « Faudrait jamais que ça s'arrête… »

Le gars sélect se penche à nouveau sur son oreille. Sur les joues de la fille, nouvelle marée de rouge. Facile de deviner ce qu'a dit le gars sélect. Il lui a donné rendez-vous.

*

Il y en aura trois. Chaque jour au même endroit : devant l'atelier de couture de la petite Simone. Toujours à la même heure, six heures et demie, la sortie du travail.

Entre elle et lui, cinq-six baisers, trois caresses. Le temps d'apprendre qu'elle aussi, ses parents l'ont retirée de l'école. « J'étais au lycée, en quatrième. Un an de plus et j'avais mon brevet. »

Même scénario qu'à Cléguérec. Un instituteur a déboulé chez sa mère : « Faites pas ça, madame Martelot. » Comme Marie-Anne Le Bihan, Jeanne Martelot n'a rien voulu entendre : « Ce sera la couture, autrement comment voulez-vous qu'on s'en sorte ? » La petite Simone a appris le métier sur le tas, en espionnant. Chez les couturières comme chez les maçons, la concurrence est rude, chacun garde ses tours de main pour lui.

Ça lui a plu. Mais au troisième rendez-vous, il a pressenti chez la petite un lac de détresse dont il n'a pas trop su que faire. Malgré tout, il lui a donné un quatrième rendez-vous, sans doute ému par son regard perdu. Puis il est reparti par les rues, pensif, le pas flottant. Il se demandait où il allait, avec cette toute jeune fille. La solitude avait du bon, quand même ; la lecture, par exemple, affalé sur son lit, les livres de poésie, d'histoire, d'astronomie. Il avait besoin de réfléchir.

Il n'en a pas eu le temps : devant la porte de la pension, il s'est retrouvé face à la mère de Simone. Une tête qui annonçait le grabuge : elle arborait sa coiffe du dimanche.

Elle l'a pris à partie dans la seconde : « Vous, qu'est-ce que vous fricotez avec ma fille ? Au lavoir, on m'a dit… »

Une boule de volonté, cette petite paysanne. La quarantaine usée, des cheveux blonds qui viraient au blanc mais la nuque encore droite et les bras solides. Elle devait travailler pour les maraîchers, elle avait aux mains le cal des jardiniers.

Il a su faire, avec elle. Dans ses yeux bleu lessive, il a lu le même mal que le sien : la peur du lendemain.

Avant de lui répondre, tout de même, il a regardé si on les épiait – réflexe, depuis qu'il était syndiqué. C'est là qu'au coin de la rue il a aperçu un homme qu'il avait déjà croisé sur les chantiers, un de ces types qui n'avaient plus la force de grand-chose après ce qu'ils avaient vu dans les tranchées de Verdun ou de la Somme ; et qui, malgré tout, telles les oies après qu'on leur a coupé la tête, continuaient d'avancer. Celui-là faisait des petites bricoles par-ci par-là, convoyait des pierres sur des charrettes ou dans des brouettes, acheminait des seaux d'eau ou, à l'épaule, des sacs de ciment. À tout coup, c'était le mari de la petite boule de volonté.

Il semblait aussi inquiet qu'elle. Mais il ne bougeait pas de son coin, il ne devait pas avoir son mot à dire : c'était vraiment une Marie-Anne Le Bihan miniature, la paysanne, elle ne touchait pas le ciel mais elle avait la langue aussi bien pendue qu'elle ; et elle alla droit au but : « Vous n'allez pas continuer à lui tourner autour, je vous préviens… »

Il l'a prise par le bras.

« Allons, allons… »

Il lui a souri. Comme il faisait toujours, large et franc.

Ça n'a pas suffi à la désarmer.

« Faites pas le mariole avec moi ! Parce que ma fille… »

Elle s'était redressée. Pas seulement de la nuque, de l'échine aussi, où est-ce qu'elle allait chercher tout ce dos ?

Et rien que de la voir chercher le ciel, comme ça, la petite boule de volonté, ça lui a encore rappelé sa mère. Et mis de l'eau plein les yeux.

C'est là que tout a basculé. La paysanne, elle, n'a pas perdu le nord. Ce qu'il fallait lire dans ce début de larmes, elle l'a lu tout de suite. Elle n'avait pas affaire à un coureur de jupons mais à un jeune et beau gars qui se cherchait une famille ; elle s'était renseignée sur lui dès le lendemain du bal, avait appris que c'était un ouvrier du port qui gagnait bien sa vie, réglo dans le boulot et ailleurs, ne buvant pas sa paye dans les cafés.

Le marché a été conclu en un rien de temps. Sur les mêmes mots qu'au début. Mais c'est la petite paysanne, cette fois, qui a dit : « Allons, allons. »

Dans l'estuaire, la mer était à l'étale, il s'est souvenu. Lui, il ne se sentait plus du tout entre deux eaux. Il avait choisi. Même si on lui avait, tout de même, un peu forcé la main.

# 18

Les noces étaient prévues pour l'automne. Selon les jours, il se réjouissait de la vie banale qui se préparait. Ou s'en effrayait ; ces jours-là, il était saisi d'effroyables maux d'estomac.

Le pic de ses doutes et de ses douleurs a été atteint en juillet. Il a consulté un voyant. Un certain Sirma dont il avait lu l'annonce dans un journal, une publicité qui paraissait à peu près dans toutes les revues de l'époque, sous l'effigie d'un vieux mage barbu à la tête cerclée d'étoiles qui était censé entrer en communication médiumnique avec ses clients depuis ses bureaux du 3, rue Guillaumot, Paris 12e : « Conseils infaillibles pour ennuis, santé, mariage, argent, situation, vous serez émerveillé. »

Il s'est offert la voyance la plus coûteuse, celle où le pseudo-mage, entre des paragraphes standard adaptés au signe astrologique du client, répondait à ce qu'il appelait les « questions spéciales ».

Mon père l'a interrogé sur deux points particuliers : ses maux d'estomac et la personnalité de sa future femme.

Le mage lui a fait une réponse de neuf pages dactylographiées où il discourait sur les fondements scientifiques de l'astrologie et de la médiumnité, avant de lui livrer ses conseils personnalisés. À la question sur ses douleurs gastriques, il répondait en lui suggérant un régime allégé et non alcoolisé. Peu de viande, disait-il, mais beaucoup de légumes verts. Il concluait prudemment : « Question régime, consultez toujours le docteur. »

Quant à sa future femme, il lui en a brossé le portrait de la midinette standard des années 1930 : « C'est une personne sympathique. En chose de cœur, elle est plutôt de type idéaliste. Son amour est d'un type relevé, émotionnel. Le mariage pour elle est un but, un couronnement… »

Juste avant, à la rubrique « Votre caractère », Sirma avait écrit : « Vous vous fâchez très vite. Quelquefois vous vous laissez aller à la mélancolie. Vous n'avez sans doute pas fait d'études approfondies. » Deux pages de dissertation sur la médiumnité par là-dessus, farcies de mots inconnus du Petit Larousse, « volitions », « sens hyperphysique », « image dans l'astral », et le tour était joué : le futur marié fut convaincu qu'avec sa fiancée il avait fait le meilleur des choix.

*

Ça n'a jamais été la passion, avec Simone. Malgré tout, il l'a aimée, je crois. À sa façon, tout en écart. Cinq minutes de confidences, des heures de silence. Elle n'entendit que le silence.

Pendant des mois, par exemple, il ne lui a pas soufflé mot de son passage chez Le Bourhis, et encore moins de la soue ; quand elle lui a demandé comment il s'était retrouvé à Lorient, il lui a servi la même réponse qu'à tout le monde : « Après mon certificat d'études, j'ai rejoint mon frère qui était maçon sur les chantiers du port. » Sans une gaffe de la femme de Pierre, pendant la guerre, elle n'aurait jamais su qu'il avait été beutjul.

Ma mère ne s'aimait pas beaucoup. Très tôt, à la lecture des journaux de mode où elle cherchait des modèles de vêtements, elle avait compris qu'elle avait les hanches larges, le nez un peu long, et qu'en dépit de ses épais cheveux noirs elle n'égalerait jamais les beautés qu'elle admirait : Simone Simon, Danielle Darrieux, Michèle Morgan, et surtout son idole entre toutes, Mireille Balin, qu'elle avait vue au cinéma dans *Gueule d'amour* et *Naples au baiser de feu*. Dès les premiers jours de son mariage, elle se persuada que la distance de « son Jean », comme elle l'appelait, c'était de la déconvenue. « Sept ans de plus que moi, pensa-t-elle, il a connu quantité d'autres femmes, je ne fais pas le poids. »

Mais il lui avait promis de lui construire une maison dès qu'ils auraient assez d'argent. Elle s'est alors figuré que la vie comme au cinéma commencerait à ce moment-là, quand ils auraient un toit bien à eux. Elle s'est fait une raison : en fin de compte, pas mal comme début, le petit deux-pièces qu'ils louaient à deux pas de l'estuaire. Jusque-là, elle avait toujours vécu avec ses parents dans une pièce unique au sol de terre battue. Ici, c'était la liberté et même le luxe, avec le jardinet qui précédait leur bout de maison. Avec « son Jean », elle y faisait pousser des légumes et surtout des fleurs – il les aimait de plus en plus.

Enfin il y avait les « heureux dimanches », comme il les appelait, ces matins où, après un examen approfondi du ciel, il lançait subitement : « Allez, on emporte un casse-croûte, on va faire un grand tour en vélo ! » Il l'emmenait dans les bois de Gestel ou Pont-Scorff, ça devait lui rappeler les forêts où Irène II et lui s'étaient aimés.

Le reste de la vie, c'était ce qu'on appelait alors « la semaine », le travail jusqu'au samedi après-midi. Le soir, il se plongeait dans ses revues historiques ou ses livres d'astronomie et ne disait plus rien.

Beaucoup trop de mystères pour une jeune femme de dix-sept ans. Beaucoup d'austérité aussi. Au bout de deux mois, elle s'est perdue en questions : « Mais qu'est-ce qu'il a ? Qu'est-ce que j'ai fait ? » Elle s'est mise à pleurer pour n'importe quoi, des crêpes ratées, un rasoir qui n'était pas à sa place, la réserve de pastilles de Vichy qu'elle avait oublié de renouveler, le saucisson qu'elle n'avait pas acheté – « Mais tu n'as pas compris, je suis guéri ! Maintenant c'est comme avant, régime normal. Au fait, le chocolat, il n'en reste plus ? Mais bon sang, il faut que tu suives, quand est-ce que tu comprendras ! Tu n'arrives pas à la cheville de ma mère ! »

Puis il s'est mis à faire des cauchemars. Les mêmes toutes les nuits. Des avions détruisaient le port puis des foules fantomatiques prenaient la fuite dans la nuit entre des alignements de maisons en feu.

Il se réveillait chaque fois en sursaut. Et c'était le même scénario : il s'assurait que sa jeune femme était endormie, sortait une lampe de poche, s'en allait chercher, dans l'appentis qui jouxtait la maison, les neuf feuillets des prédictions de Sirma.

Une phrase de la voyance l'obsédait : « Il vous faudra prendre des précautions dans vos écrits pendant tout le cours de la cinquième année qui viendra après celle qui est en cours. » Dès la première nuit, il y lut l'annonce de la guerre, au motif que les courriers des soldats, pendant les conflits armés, sont soumis à la censure.

Mais Sirma, dans la voyance, n'annonçait aucun bombardement. Il s'est alors lancé dans des calculs qui n'ont fait que l'angoisser davantage, tellement qu'un soir il a sorti le courrier de Sirma de sa cachette, a avoué à Simone qu'il avait consulté un voyant avant leur mariage et lui a fait lire le passage des prédictions qui le turlupinait.

« Si je compte que j'ai demandé la consultation en 1938, je serai sous les bombardements en 1943... »

Elle s'est aussitôt cabrée.

« Il est maboul, ton Sirma ! Ce qui se passe, c'est qu'en ce moment tout le monde parle de guerre. Mais même à supposer qu'elle éclate demain, ta guerre, d'ici à 1943, ce sera terminé...

– Parce que toi, tu crois qu'une guerre, ça dure trois semaines ? En 14...

– Ça n'a rien à voir ! Cette fois-ci, personne ne veut se battre ! Même pas Hitler ! D'abord, comment tu le sais, que tes rêves racontent l'avenir ? Comment tu peux le prouver ? L'avenir, il n'est pas encore là ! »

Puis elle a fondu en larmes. Cette fois, une vraie crise de nerfs.

Il n'a pas insisté. Il y est d'autant moins revenu qu'une semaine plus tard elle lui a appris qu'elle était enceinte. On était en mai 1939, ça mettait la naissance en janvier 1940.

« Elle me croyait dix fois plus fort que je n'étais, me confia-t-il un jour. Et sa famille aussi, ton grand-père, ta grand-mère, ta tante Suzanne. Elle était toute jeune, elle aussi, Suzanne, seize ans à peine. Tous, ils se reposaient sur moi. Ils étaient à mes pieds, ils avaient fait de moi un roi. »

Mais il tenait à sa couronne, il a continué à jouer celui qui n'a jamais peur, aucun état d'âme, l'homme de fer. La seule solution pour y arriver était de s'interdire de gamberger.

Il n'a pas été long à trouver comment : en dressant la liste des outils dont il aurait besoin s'il voulait construire la maison. Puis il est allé les acheter. En juillet, son attirail était au complet. Du solide, du qui tient toute la vie.

C'est aussi début juillet que, forts de leurs deux payes, Simone et lui ont pu s'offrir une TSF et se sont mis, le soir, à écouter les nouvelles dans l'espoir que ce ne soient pas les mêmes que dans le journal. Mais non, c'était pareil.

« Ça peut malgré tout changer », a estimé la mère de Simone quand il s'est inquiété. Mais le lendemain, elle a demandé à son gendre si, de temps à autre, le soir, avec son mari et Suzanne, elle pouvait venir écouter la radio.

Ils habitaient à sept ou huit maisons de là, au fond du même vallon tranquille, tout près du lavoir et du quartier des ouvriers, Kerentrec'h. Le premier soir qu'ils sont venus, le speaker n'a pas arrêté de parler de la Pologne. Par là-bas, ça avait l'air de sacrément chauffer avec Hitler.

Au milieu de l'émission, la mère de Simone a subitement rapproché sa chaise de celle de son gendre en prétendant : « On entend mieux comme ça. » Elle avait un air d'oiseau perdu, le même que Simone, plus rien à voir avec la boule de volonté qui lui avait demandé d'épouser sa fille.

Il s'est demandé : « Qu'est-ce qu'ils vont devenir, tous, si je suis mobilisé ? Et l'enfant ? »

Il faisait beau. Les choses ont repris leur cours, la vie tranquille de l'estuaire, la marée deux fois le jour. Deux fois le jour aussi, la sirène de l'arsenal. La petite Simone avait maintenant un début de ventre. Et plus du tout de crises de larmes.

Le reste de l'été, vraiment de la banalité, jusqu'à la mi-août. Pas seulement celle de la vie, celle des illusions, l'espoir fou, comme chez les millions d'Européens qui leur ressemblaient, durs au mal et à la tâche, vivant de trois sous, heureux de petits riens, se tenant, se taisant : chaque matin, l'envie de croire que le pire est impossible, que tout s'arrangera.

Et puis le pire arrive, et puis d'un jour à l'autre tout le monde est happé par la gueule avide de la guerre, foule aussi hagarde que dans les mauvais rêves.

# 19

Ensuite, c'est le chaos. Chaos de valises, de lettres perdues et retrouvées, de marches vers l'ennemi, vers le front. Puis loin de l'ennemi, loin du front, dans un autre chaos d'ordres et de contrordres, de trains égarés dans la nuit, de frayeurs et d'espoirs subits.

Il avait commencé par partir pour Quimper. Il y était resté trois semaines, le temps que l'état-major arrête une stratégie. Quand les gradés en eurent fini de leurs hésitations, il se retrouva en première ligne, là où on expédiait toujours les régiments bretons, idéale chair à canon.

Il entendit la mitraille siffler à ses oreilles, passa plusieurs jours dans la terreur de se prendre des gaz comme ses frères en 1914, jusqu'au 23 septembre au soir. Cette nuit-là, après avoir fêté ses vingt-cinq ans en silence, il s'endormit et se vit sur une plage dont on ne voyait pas le bout, scrutant une mer tout aussi infinie. Puis il entrait – j'ai envie d'écrire « entra », tant son rêve, comme ses cauchemars d'avril 1939, fut proche de la transe hallucinatoire – dans un casino-dancing aussi désert que les sables, s'allongeait sur une botte de paille et trouvait l'endroit merveilleux.

Là où un autre, au réveil, n'aurait vu qu'un chapelet d'incohérences, lui fut persuadé que c'était un présage, un bon présage. Il s'est rendormi. Il a été réveillé par les cris de son lieutenant. Il annonçait à ses hommes qu'ils repartaient au feu.

Ses compagnons d'armes étaient blêmes de terreur. D'ordinaire, il était comme eux, il n'en menait pas large. Le premier jour, il s'était même évanoui en plein champ de bataille, il avait fallu l'évacuer. Mais ce jour-là, il est monté au front fort de son rêve.

Les autres se sont étonnés : « Dis donc, toi, t'as mangé du lion ? » Il leur raconta ce qu'il avait vu pendant la nuit, avec force détails. Ça leur a redonné du cœur au ventre ; personne n'est tombé lors de cet assaut-là, personne n'a été blessé.

On a alors expédié sa compagnie vers le nord-ouest – l'état-major, étonnamment, avait décidé d'abandonner le terrain. Après plusieurs trains et marches de nuit, son bataillon s'est retrouvé au fin fond de l'Aisne. Ensuite, ç'a été la Somme. Personne ne comprenait ce qui se passait, pas même les chefs.

Il a fait comme les autres, il s'est perdu en conjectures. Il n'osait pas le dire, mais en lui-même il n'arrêtait pas de se répéter : « La mer que j'ai vue en rêve se rapproche. »

Et soudain tout s'est figé. Les gradés ont consigné leurs hommes dans une ferme abandonnée ; ils n'en ont plus bougé. Le courrier, aussitôt, est devenu le cœur de sa vie.

Depuis qu'il était parti, début septembre, il tâchait de respecter le serment qu'ils s'étaient fait sur le quai de la gare de Lorient, Simone et lui, de s'écrire tous les deux jours. Parfois il n'y parvenait pas, le papier était rare et dans la pagaille qui avait régné dans l'armée dès la déclaration de guerre il avait perdu sa valise et ne disposait que d'un crayon à dessin.

Il faisait de son mieux pour respecter sa promesse mais ses lettres et celles de Simone se croisaient souvent, quand elles n'étaient pas retournées à l'expéditeur. L'un et l'autre s'obstinaient, les réexpédiaient. Lorsqu'ils n'espéraient plus le moindre courrier, tout un paquet de lettres, subitement, resurgissait du néant. Dans un tel désordre, parfois, qu'ils ne se retrouvaient plus ni dans leurs écrits ni dans leurs vies.

*

Elle avait été très secouée quand il était parti ; il vivait dans la terreur qu'elle ne perde l'enfant. Chaque fois que le sous-off chargé de la distribution du courrier lui tendait une lettre et qu'il déchiffrait sur l'enveloppe son écriture tourmentée et malhabile, il tremblait.

Il recevait fréquemment des mandats. Ceux de Simone, ceux aussi de sa famille, tout le monde voulait le soutenir, sa belle-mère bien sûr mais aussi des gens qu'il n'avait vus que deux ou trois fois, des tantes, des cousines. La tribu de Cléguérec était de la partie : la guerre avait retissé tous les liens.

C'étaient toujours les femmes qui réunissaient l'argent, de toutes petites sommes la plupart du temps. Mais ça lui remontait le moral, autant que les colis que Simone lui envoyait, remplis de tout ce dont il raffolait à l'époque : conserves de sardines, pâte de fromage à tartiner, saucisson d'Arles, chocolat, andouille, figues séchées, beurre salé et, bien entendu, pour faire passer le tout, pastilles de Vichy. Enfin du Pétrole Hahn : il redoutait de plus en plus de devenir chauve.

Elle lui expédiait au moins un colis par semaine, parfois en recommandé, elle se donnait du mal. Pour mieux le rassurer, elle lui écrivait qu'elle tenait le compte de tout, au centime près. Elle proclamait aussi : « Ne te bile pas, j'ai décroché un travail dans un atelier de confection d'uniformes militaires. » Vraiment, elle se décarcassait, elle lui annonçait qu'elle frappait à la porte de tous les bureaux d'aide sociale, que ça avait marché deux fois sur trois, et qu'en mettant tout bout à bout elle avait réussi à payer six mois de loyer d'avance. « D'ici là, tu seras rentré, concluait-elle. Au printemps, la guerre sera finie. »

Ça l'a soulagé de lire ça. Il y a vu l'effet de ce qu'il n'avait pas cessé de lui seriner dans toutes ses lettres : « Je suis courageux, il faut que tu le sois autant que moi. Bats-toi, lutte, ne te laisse pas aller, empêche-toi de pleurer, ne serait-ce que pour l'enfant. De toute façon, la guerre sera bientôt finie. » Maintenant, elle y croyait ; non seulement elle se battait mais elle venait de faire des semis de fleurs dans leur petit jardin pour qu'il se sente accueilli au printemps, lui disait-elle, quand la paix serait revenue. Lorsqu'elle avait un coup de cafard, elle se raccrochait à l'espoir d'une permission toute proche : « Ils vont sûrement te libérer pour que tu sois avec moi au moment de la naissance », écrivait-elle.

Enfin elle lui avait raconté que toutes les femmes de la famille avaient pris sa guerre en main. Au début du mois, elles avaient rejoint le grand rassemblement qui s'était formé à Sainte-Anne-d'Auray. On avait vu jusqu'à des Rouges dans le pèlerinage, lui avait-elle dit, des cantiques à sainte Anne plein les poumons, *O Mamm leun a druez, war an douar, war vor, mirit ho bugale*[1]... La guerre de 1914 les hantait, eux aussi ; les gueules cassées, les mutilés, les tranchées, les gaz. Mais la Bretagne qui s'était réveillée ce dimanche-là n'avait pas de couleur, c'était celle d'avant les croix. Ni rouge ni blanche, rien que la magie de la terre et des pierres en tête, le nerzh des eaux souterraines, les énergies secrètes qui parcourent l'envers du monde, celui qu'on

1. « Ô Mère pleine de pitié, sur terre et sur mer, protège tes enfants... »

ne voit pas mais qui est pourtant là, toujours en veille, toujours à l'écoute, l'Autre Côté.

« Ma mère aussi est allée, avait écrit Simone. Moi, je n'ai pas pu, le car, c'est dangereux pour le bébé. » Et toute joyeuse, elle lui avait raconté le pèlerinage, en commençant par lui dire quelles parentes sa mère avait choisies comme compagnes de prières : les femmes les plus solides de la famille, sa propre sœur, qu'on appelait « Marraine », et Marie de Kerolay, une tante de Lorient ainsi nommée, d'après son quartier, pour la distinguer des autres Marie de la famille.

Les trois matriarches n'avaient pas lésiné : après avoir processionné, chanté, bu l'eau de la fontaine sacrée, elles lui avaient acheté des talismans. En respectant strictement les règles, avait souligné Simone. Marie de Kerolay, la plus éloignée dans la parenté, lui avait choisi une médaille blanche ; Marraine, beaucoup plus proche, avait eu droit de lui offrir un porte-bonheur bien plus prestigieux : la médaille bleue, ainsi qu'une image pieuse de sainte Anne. Quant à sa belle-mère, son rang éminent dans la famille lui avait autorisé le geste le plus puissamment talismanique : la grande médaille bleue. Selon la règle, un chapelet avait été aussi acquis au nom de Simone – seule une épouse ou une mère pouvait se permettre pareil geste.

« Je te mets tout ça dans un colis, avait-elle conclu, à l'intérieur d'un petit portefeuille, avec notre photo de mariage. Dès que tu le recevras, tu coudras l'image que Marraine a achetée à l'intérieur de ton tricot de corps, côté peau. Tu l'enlèveras à chaque lavage et ensuite tu la recoudras. Les médailles aussi, il faudra les coudre, mais par-dessus ton pull. »

Quand il avait lu ça, il s'était dit : « Ça va sacrément me compliquer la vie, tout ce fourbi. » Ce qui l'ennuyait plus, c'était de coudre l'image de sainte Anne à l'intérieur de son tricot de corps. Déjà qu'il en avait plus qu'assez, de laver son linge, la couture, par là-dessus… Mais comment faire la guerre sans les femmes ?

Ça l'a ému, tous ces mots, colis, mandats, prières, ce courage. Brusquement, il s'est senti à deux doigts de livrer tous ses secrets à Simone, la source, Le Bourhis, la soue. Et même Irène Ire et Irène II.

Il n'a pas pu. Deux ou trois jours après, il s'est produit un phénomène extraordinaire : il a vu Marie-Anne Le Bihan, trois nuits de suite, échappée de sa tombe, s'avancer vers lui en gémissant, misérable, dolente, mais toujours aussi terrifiante. Comme à la fin du mois d'avril, lorsqu'il avait vu en rêve la ville en feu, il s'est chaque nuit réveillé en sursaut, noyé du même suint fétide que la défunte. Il n'a pas pu se rendormir.

Depuis le début de la guerre, ce n'était pas la première fois que sa mère refranchissait la barrière qui sépare les morts des vivants. Mais jamais elle ne s'y était prise avec autant de violence ni une telle insistance.

« Je vais demander à Simone de m'expédier les prédictions de Sirma », s'est-il dit la première nuit. Puis il s'est ravisé : « La poste va les perdre. Et Simone va se demander ce qui se passe. Elle arrive à sept mois de grossesse ; lui parler de ça, c'est dangereux. »

Mais les deux nuits suivantes, Marie-Anne Le Bihan a encore repassé la frontière de l'Autre Côté et la souffrance peinte sur ses traits était dix fois plus atroce que la veille. Il a craqué.

À sa façon : contenue, maîtrisée. Quand il a rédigé sa lettre, il a renoncé à sa posture de héros en termes choisis : « Trois nuits de rang, ma mère a hanté mes rêves ces jours-ci. Si c'était une mère gaie et bien portante que je voyais je serais heureux. Mais c'est une mère malade et plaintive ; sur son visage je lis une abominable souffrance, elle est toujours en peine, je veux toujours la secourir et j'en suis incapable, et souvent je me réveille apeuré. »

Il a appelé Simone à l'aide. À cette gamine de dix-huit ans qu'il avait tyrannisée et qu'il connaissait à peine – en tout et pour tout, ils n'avaient vécu que dix mois ensemble –, il a humblement demandé conseil : « Que faire pour l'empêcher et me laisser en repos ? Veut-elle des prières pour le repos de son âme ? Fais-toi une idée là-dessus, chérie, et tu m'enverras ta pensée. »

« Fais-toi une idée là-dessus » : même s'il se sent en grave danger, menacé d'être emporté par le tourbillon mortel qui torture l'âme de sa mère, avant d'écrire, il a bien pensé son affaire et il sait où il va. Son appel au secours est réfléchi ; il s'est souvenu que les morts sont une affaire de femmes. Il imagine déjà la suite : Simone, qui n'a aucune expérience de la vie, ignore sûrement tout des mesures à prendre quand les défunts sortent de leur tombe, mais elle sait au moins que, dans ces cas-là, il faut faire quelque chose. Dès qu'elle aura lu son « Fais-toi une idée là-dessus », elle courra chez sa mère pour tout lui raconter ; il en est certain. Et sur l'heure, la petite boule de volonté racontera son cauchemar à toutes les matriarches de la parenté, sœur, tantes, belles-sœurs, cousines. Lesquelles, dans la minute elles aussi, vont se mettre en ordre de bataille, seules forces capables de se mesurer à l'Autre Côté, la grande et bretonne conspiration des femmes.

*

Il a vu juste. À réception de son courrier, comme il l'a espéré, Simone parle tout de suite à sa mère, qui parle à sa sœur, qui parle à leurs tantes, belles-sœurs, cousines. Le dimanche suivant, celles-ci se rendent en grande délégation chez la petite boule de volonté pour prendre le café, et une fois que la matriarche-en-chef a flanqué son mari dehors – « Va-t'en voir par là-bas soigner les poules ! Et ensuite, va faire un tour au jeu de boules, reste pas dans nos pattes ! » –, les autres ne sont pas longues à voir clair dans les équipées nocturnes de Marie-Anne Le Bihan.

Leur diagnostic est sévère et sans appel : très grave, ce qu'elle fait, la défunte mère de Jean, pensez ! mettre comme ça un soldat en danger, et un futur père par-dessus le marché. Malgré tout, elle doit avoir ses raisons ; et il y en a une qui saute aux yeux : c'est une morte jalouse, une morte qui estime qu'on en fait énormément pour les jeunes mariés et pas assez pour elle.

Aussitôt, à l'unanimité du conseil des matriarches, trois mesures sont arrêtées. Pour commencer, tant pis pour la dépense, Simone, dès le lendemain, paiera au nom de son mari une messe à Sainte-Anne-d'Auray. Ensuite, dès qu'elle aura accouché et que Jean sera revenu de la guerre – car il reviendra, sûr et certain, vu les trois médailles et l'image qu'on vient de lui expédier –, les jeunes mariés se rendront au sanctuaire, en feront rituellement le tour, prieront la sainte et boiront l'eau de la fontaine. Mais le plus urgent, c'est de prévenir les femmes de la tribu Le Pohon, écrire aux autres Marie, Marie de Séglien et Marie de Bonne Espérance, peut-être même aux autres sœurs de Jean, les mettre au courant du bazar que fait leur mère car si ça se trouve, elles aussi, Marie-Anne Le Bihan va leur tomber sur le paletot.

Aussitôt dit, aussitôt fait. Dès le lendemain, l'argent de la messe est envoyé par mandat au recteur de Sainte-Anne ; et des lettres expédiées à Cléguérec. Où la conspiration des femmes de là-bas jette à son tour toutes ses forces à l'assaut de l'Autre Côté. Le matin de la Toussaint, Marie de Séglien et Marie de Bonne Espérance se rendent sur la tombe de Marie-Anne Le Bihan, y déposent solennellement des fleurs puis s'en retournent chez elles où, sitôt rentrées, elles écrivent aux femmes de Lorient que tout est en règle.

La petite Simone, dès qu'elle a leur missive en main, se rue sur son papier à lettres. Quand son mari découvre son courrier, il est éperdu de soulagement et d'admiration : elle a réglé l'affaire en moins de quinze jours.

Les nuits d'après, Marie-Anne Le Bihan se représente à lui. Mais souriante, ces fois-là, gaie, sereine. Et touchant beaucoup moins le ciel que de son vivant, ce qui achève de le rassurer.

Puis un matin, il reçoit un colis de Simone et, pour le coup, c'est lui qui touche le ciel : à côté des saucissons d'Arles, pain d'épice, morceaux d'andouille et autres friandises dont elle a pris l'habitude de bourrer ses paquets, elle a glissé des journaux et ce qu'elle a appelé « un petit carnet pour noter tes mémoires ». Enfin – et là, il défaille – *La Bonne Chanson*. Sans qu'il ait eu besoin de le lui expliquer, elle a compris ce dont il a besoin, maintenant que la guerre s'enlise : de quoi lire, de quoi écrire.

# 20

Désormais, chaque soir avant de s'endormir, il se récite dans le noir des strophes entières de Verlaine : « Des heures à causer tout seul avec l'absent... Se consoler avec des phrases et des mots... Accoudé sur ma table avec des larmes dans les yeux... Et je relis sa lettre avec mélancolie... »

Parfois il se demande si Verlaine n'a pas écrit ses poèmes pour lui et, à force, ses rêves – car il continue de rêver – se transforment en décalque onirique des scènes évoquées par *La Bonne Chanson*. Chaque nuit, il retrouve Simone dans la suave paix domestique décrite par le poète, « La douceur de sentir la fin de la soirée / La fatigue charmante et l'attente adorée / De l'ombre nuptiale... »

Ça le rend heureux, il ne se pose plus de questions sur ses rêves. Mais un après-midi, à l'issue d'une nouvelle série d'ordres et de contrordres, sa compagnie se retrouve face à la mer. Même plage, exactement, que celle qu'il a vue en songe lorsqu'il était sur le front de Sarre.

Puis il se retourne et, à côté du panneau MALO-LES-BAINS, découvre un luxueux établissement nommé Evo-Dancing.

Ses compagnons pénètrent dans l'établissement plus pâles et silencieux que lui ; et, quand ils se mettent à arpenter les salles du dancing, partent du même cri : « Tout concorde ! Les miroirs, les parquets glissants, tu nous avais aussi parlé de ça, Jean ! Et le chauffage central poussé à fond, pareil ! Et maintenant on va jeter des bottes de paille sur le plancher pour se faire un couchage, comme dans ton rêve, toujours… »

Il leur dissimule sa joie. C'est la même, enfantine, qu'au jour où il avait trouvé la source ; il en est tout gêné.

Et voilà qu'on le fête, voilà qu'on le recherche. Première fois qu'il se sent dans la peau d'un passeur.

Passeur de quoi ? Il ne voit pas. Il sait seulement que ça lui plairait, d'apprendre aux gens des choses qu'ils ne savent pas. Puis il se dit : « Il faudrait que j'écrive tout ça à Simone. » Il n'en fait rien, il craint que ça ne l'effraie, qu'elle ne pense qu'il est devenu fou.

Le lendemain, l'enchantement perdure. Et le surlendemain. Ses camarades continuent à parler de son rêve. Il saute alors le pas, prend sa plume et raconte tout à Simone. Sobrement, sans effets, pour qu'elle le prenne au sérieux : « Mes camarades n'en reviennent pas. Moi-même je n'en crois pas mes yeux de revoir la plage telle que je l'ai vue dans mon rêve, nous en parlons souvent avec les copains. »

Parler, de toute façon, c'est tout ce qu'ils ont à faire sur ce bord de mer désert. Les chefs eux-mêmes sont oisifs, ils se bornent à leur distribuer le courrier et des places de cinéma gratuites. La veille, ils sont allés à Dunkerque voir *Le Maître de forges*, puis sont revenus à l'Evo Dancing où, assis sur des bottes de paille, ils ont recommencé à échafauder toutes sortes de théories sur la médiumnité et les preuves scientifiques de l'existence des forces invisibles.

De simples paysans, pour la plupart, ses compagnons d'armes. Mais tout de même quelques petits fonctionnaires, des instituteurs, des étudiants, deux ou trois professeurs. Il a remarqué que ceux-là ne sont pas les derniers à croire aux rêves prémonitoires. Ces discussions lui inspirent vite un projet : transformer ces rêves en outil.

Pas du tout comme Sirma, pour gagner de l'argent. Lui, il capterait les avertissements de l'Invisible à titre strictement personnel, pour mieux voir en lui-même. Il éviterait ainsi les obstacles ou les épreuves qui, il le prévoit aussi, ne manqueront pas de se présenter sur son chemin.

Un des professeurs ou étudiants avec qui il a discuté lui a-t-il parlé des pulsions, des rapports entre le désir et les rêves, le nom de Freud a-t-il été prononcé ? Toujours est-il qu'il est obsédé par ce projet, au point qu'il finit par en parler à Simone : « Je pourrais, lui écrit-il, en faire une base approximative pour prévenir certains événements me concernant… »

Il a l'impression que sa jeune femme a assez de ressource pour s'extraire de ses rêveries de midinette. Il a raison. En elle aussi quelque chose veut continuer d'apprendre, elle est à l'affût du moindre savoir qui pourrait faire oublier le Rien d'où elle est sortie, comme lui ; elle emploie déjà sa solitude à dévorer Colette et commence à distinguer un bon livre d'un mauvais. Et surtout à réception de cette lettre, elle a la finesse de saisir qu'en se mettant à l'écoute des régions les plus obscures de son être, son Jean cherche à s'inventer une méthode de survie.

Elle lui répond donc qu'elle l'approuve. La nuit suivante, il recommence à rêver d'elle.

Elles le marquèrent beaucoup, ces semaines oisives et fiévreuses où, tout entier tendu vers les messages que lui envoyaient ses nuits, il sonda pendant des heures l'infini de la mer et les miroirs tout aussi vides du casino désert. Au moment où, une fois de plus, il dut quitter les lieux pour rejoindre une destination inconnue, il ramassa, dans un bureau encore encombré de factures, un prospectus de l'Evo-Dancing. Je l'ai trouvé lui aussi dans la valise de l'Anglais.

*

L'errance reprend. Les ordres, les contrordres, les disputes des gradés. Mais lui, ses rêves le ramènent obstinément chaque nuit dans les bras de sa jeune femme. « À force d'en rêver et d'en parler, cela viendra », lui écrit-il avant de s'en retourner harceler son lieutenant pour obtenir une permission.

Les nouvelles de Pologne sont mauvaises, on l'envoie sur les roses : « Pas demain la veille ! »

Il refuse de se laisser abattre : Simone vient de lui écrire qu'elle voit désormais dans ses rêves la preuve de l'amour qu'il lui porte. Le soir même, il lui adresse un courrier exalté : « Je suis heureux que tu braves la tempête qui s'est déchaînée sur nous, un meilleur jour viendra pour éclairer notre amour, et j'en suis rassuré, il me réservera beaucoup de surprises grâce à ton imagination qui embellira notre vie. » Après cent dix jours de séparation – il vient d'en dresser le compte – et presque autant de nuits hantées de songes, c'en est fait : toutes les femmes qui ont marqué sa vie – sa mère, Irène Ire, Anaïk Le Bourhis, Irène II et toutes ses autres maîtresses – ont fusionné pour n'en former qu'une seule : celle qui porte son enfant. Il tombe enfin amoureux de sa femme.

La naissance est prévue pour le 10 janvier 1940. Le 2 décembre 1939, toute timide, Simone met sur le tapis l'épineuse question des prénoms. « Dis-moi tes préférences. » Il lui répond quatre jours plus tard.

Je la connais par cœur, cette lettre du 6 décembre, je l'ai relue cent fois depuis que je l'ai découverte. Je l'appelle désormais « La lettre des prénoms ».

# 21

« Si c'est une fille, je te donne trois noms : Solange, Chantal et Martine. Mais je crois que ce sera un gars, alors dans ces conditions, appelle-le Gilbert, Lucien, ou Maurice ou peut-être, veux-tu, Jean comme moi. »

C'est manifeste, il souhaite un fils qui s'appelle Jean. Bien entendu, il ajoute : « Fais ton choix à ton tour. » Mais c'est pure forme.

Dans cette lettre, ce n'est pas cet autoritarisme qui me choque. Si je suis saisie chaque fois que je la relis, c'est que je retrouve là tous les prénoms de mes frères et sœurs. Ma sœur aînée a été appelée Solange, la cadette Chantal, et la petite dernière de notre fratrie Martine.

Oui, j'ai bien écrit « la petite dernière ». Moi, Irène, je suis la troisième, née dix ans avant Martine, et huit ans avant ce frère que mes parents, conformément au souhait formulé dans cette lettre de 1939, ont failli appeler Jean avant de se dire que ce n'était plus très à la mode et d'opter pour un prénom composé, Jean-Louis.

Je n'en reviens toujours pas : je suis la troisième des cinq et je ne figure pas sur la liste des prénoms. Laquelle jusqu'au bout – la naissance de Martine – a été scrupuleusement respectée par mes parents. Aucun changement, aucun caprice, la liste, rien que la liste.

En ces temps où la contraception était rudimentaire, le hasard, bien sûr, s'est mêlé de l'affaire. Ma mère d'ailleurs me l'a dit un jour très rudement : c'est lui qui s'est chargé de lui donner ces cinq enfants et s'il n'avait tenu qu'à elle, elle n'aurait jamais dépassé deux.

Mes parents, d'autre part, auraient pu tout aussi bien avoir cinq filles ; il aurait alors fallu qu'il se creusent la tête pour trouver de nouveaux prénoms. Ils auraient pu aussi avoir deux filles au lieu de trois. Ou quatre garçons, voire cinq. Auquel cas il aurait bien fallu oublier la liste.

Ça n'enlève rien à la découverte que je viens de faire : dans cette lettre figurent tous les prénoms de ma fratrie, pourquoi suis-je manquante ? Et que s'est-il passé le jour de ma naissance pour que, subitement, le nom d'Irène surgisse et s'impose, fracassant l'ordre de la liste, Solange-Chantal-Martine ? À la rigueur, j'aurais compris qu'il apparaisse en queue de peloton. Mais non, il a déboulé en troisième position, à l'improviste, comme le bébé que je fus.

Et si je m'étais trompée ? Si, pendant tant d'années, j'avais écrit les lettres de mon nom dans le désordre, RIENE, pas seulement parce que je suis la fille d'un sorti de rien, mais parce que je ne suis pas à ma place ?

# 22

De toute la guerre, mon père a eu deux permissions. L'une au jour de l'an – sa fille venait de naître avec un peu d'avance ; et la seconde, à la fin janvier 1940 – il y avait droit au bout de six mois sous les drapeaux, c'était le règlement.

Il était très fier d'être père. Et à son arrivée, on l'a fêté presque autant que le bébé. Sa belle-famille s'est cotisée pour lui offrir un stylo à plume ; sa femme, elle, lui a fait cadeau d'un nouveau carnet. Un modèle solide et original : en plus d'un agenda, des dizaines de pages pour les adresses et les notes.

Lors de sa seconde permission, il est allé faire un tour à vélo dans la rade. À la vue du port, il s'est rappelé ses cauchemars d'avril 1939. Avec une telle précision que, lors du baptême de sa fille, il a pris son frère aîné à part :

« Pierre, si jamais ça tourne mal, j'aimerais que ce soit toi qui t'occupes de ma femme et de ma fille.

– Qu'est-ce que tu chantes ! Mais tu vas revenir !

– Je voulais dire : si jamais ça chauffait à Lorient.

– Tu veux dire, s'ils bombardaient ? »

Il n'a pas répondu. Pierre a enchaîné : « Fais-moi confiance, depuis l'autre guerre, j'ai du nez pour le grabuge. Je serai à Lorient avant que ça canarde, je partirai avec une grande charrette et je déménagerai toutes vos affaires. J'emmènerai ta femme et ta fille, elles resteront sous mon toit le temps qu'il faudra. »

Il est reparti soulagé. Sur le quai de la gare, l'un de ses derniers mots a été pour les outils achetés l'année d'avant en prévision de la maison qu'il rêvait de construire : « Simone, si jamais tu dois partir chez Pierre, n'oublie pas de les emporter et demande à Pierre de les graisser régulièrement. »

Elle ne s'est pas vexée. Les outils, c'était l'espoir de vivre un jour l'amour dans une maison à eux.

Puis il lui a glissé : « Je serai rentré quand les marguerites que tu as semées fleuriront devant la maison », et il est monté dans le train.

Convaincu, comme elle, que la paix était à l'image du ciel : ça s'arrangerait avec les beaux jours. Il ne pensait plus qu'au printemps.

Il faisait moins quinze quand son train est entré en gare de Dunkerque ; et une semaine plus tard, moins vingt. Il s'est retrouvé consigné avec ses compagnons d'armes dans une immense propriété en lisière de la ville.

En même temps que le froid, l'impatience, le désespoir, la colère l'ont alors assailli. Il a complètement perdu de vue son idée de puiser dans ses rêves une méthode pour se contrôler. Il n'avait plus qu'une envie, comme chez Le Bourhis, tout casser.

Mais à l'armée, tout ce qu'on vous propose de casser, c'est la gueule de l'ennemi. Lequel ne se montrait toujours pas, à se demander si on le verrait un jour. Alors il a décidé de faire la guerre à sa colère. Il s'est réfugié dans des petits gestes tout bêtes, faire du lavage, du raccommodage, la chasse aux rats dans le grenier de la maison. Il est même allé à la messe.

Il a aussi rédigé une sorte de poème qu'il a intitulé « Conseils d'un sage », où il s'exhortait à la maîtrise de soi : « La haine que tu nourris fera ton malheur / Corrige ton mauvais cœur / Tu auras la joie meilleure… » En mars, quand le soleil a pointé le nez, il avait retrouvé son allant ; il a fait des semis de radis dans les jardins de la propriété. Puis les beaux jours sont revenus, un de ces printemps radieux de fleurs et d'oiseaux comme il les aimait.

Et soudain, c'est le bruit et la fureur, les chars d'Hitler enfonçant la Hollande et la Belgique comme du beurre, la montée au front, le déluge de fer et de feu sur les civils et l'armée. Pour finir, le désastre, le repli précipité vers le sud, Dunkerque. Il s'égare, perd la trace de ses camarades, court à Malo-les-Bains où il se retrouve sous une nouvelle pluie de bombes non loin de l'Evo Dancing toujours aussi désert, attendant non plus les messages de ses rêves, mais un bateau pour fuir la mort.

Il fait partie des chanceux qui parviennent à se hisser sur un navire anglais et rejoint le Kent. Le temps d'une aventure d'un soir non loin de Bournemouth, et que la fille consigne son adresse dans son carnet, Temperance Hall, Haviland Road, Boscombe, il reçoit l'ordre de rejoindre Brest. Pas de crochet par Lorient, pas de permission : « Il faut jouer le tout pour le tout ! » hurlent les chefs, qui l'enrôlent dans un régiment en partance pour la Normandie.

L'équipée se clôt plusieurs semaines plus tard sur une demi-feuille bleu pâle à petits carreaux que la Croix-Rouge de Belgique parvient à acheminer jusqu'à sa femme : « Je suis prisonnier quelque part en France. Je suis en très bonne santé et tout va bien. Bons baisers à Solange et à tous. Ton mari. »

Il ne disait pas où il était. Et elle ne reconnut pas son écriture. C'était pourtant bien lui qui avait tracé ce bref billet.

# 23

Je ne saurai jamais comment il est devenu un autre homme. Dans les carnets qui couvrent l'époque suivante, au milieu d'interminables listes de vocabulaire allemand, rien que des poèmes et le récit d'un nouveau rêve. Et jusqu'au 13 septembre 1942, aucune lettre. Elles ont disparu. Lors d'un déménagement, peut-être. Ou dans les bombardements de Lorient.

Un trou noir, ces années 1940-1942. Je ne peux même pas m'appuyer sur les récits de mon père : sur cette période, il a toujours été flou, allusif. Des bribes où j'ai cru comprendre qu'au bout de quelques mois passés dans un camp, il fut affecté dans un « kommando agricole », ces groupes de prisonniers que les nazis envoyaient travailler dans les fermes où les bras manquaient.

Pour être réduits à la condition d'esclaves ruraux du IIIe Reich, ces soldats vivaient généralement beaucoup mieux que dans les camps, notamment ce Stalag IX B de sinistre mémoire auquel l'administration allemande l'avait rattaché. Il me laissa pourtant entendre qu'il eut la vie très dure, dans ce premier kommando. Il me parla de coups de sang qui le saisirent certains jours à la vue des barbelés du cantonnement et de coups reçus des soldats allemands. Sans plus. Il n'avait pas envie de revenir là-dessus. Mais un jour j'ai insisté. Il s'est alors redressé et, l'œil plus hibou que jamais, m'a déclaré, extraordinairement farouche : « J'ai fini par en avoir assez. J'ai demandé à ta mère de m'envoyer une grammaire et un dictionnaire allemand-français. À partir de là, les choses ont changé du tout au tout. »

Toujours la même méthode, depuis Cléguérec : pour s'en sortir, la langue de l'autre. Le salut dans les mots, par les mots.

Je n'ai pas retrouvé sa grammaire dans la valise de l'Anglais, seulement le dictionnaire. Ma mère l'avait très bien choisi : un petit volume de la collection « Poucet » de l'éditeur Hatier, facile à glisser dans une poche de veste ou de pantalon. La page de garde porte son matricule de prisonnier : 1180. Il devait l'avoir constamment sur lui : plus de couverture ; si je continue à le manipuler comme je le fais, les fils de sa reliure vont lâcher. Mais j'ai du mal à me détacher de ce petit cube de papier : c'est à lui qu'il doit sa survie. Un barrage de mots contre la défaite, un rempart de vocabulaire contre le désespoir.

« Du moment qu'on restait bien tranquilles dans le baraquement où on était enfermés après le travail, les Allemands se foutaient complètement de ce qu'on faisait dans les chambrées, me confia-t-il dans ses brefs récits sur cette période. Mes camarades, en revanche, ont très mal pris que j'apprenne l'allemand. Le premier soir où ils m'ont vu plongé dans mes livres, ils me sont tous tombés dessus : "Tu veux devenir boche, alors ?" J'ai laissé dire. C'est ça qui a été le plus dur, se taire. Le jour, il fallait la boucler avec les Allemands, et le soir, la boucler avec les copains. Ils n'arrêtaient pas de revenir à la charge : "Qu'est-ce que tu trafiques encore avec tes bouquins ! Viens jouer aux cartes avec nous ! L'allemand, ça va te servir à quoi, dans le civil, quand on sera rentrés ? Ou tu veux travailler pour les Fritz ?" »

Jusqu'aux instituteurs du kommando qui l'ont harcelé. Ils ne le comprenaient pas ; et surtout, comme les autres, ils se berçaient d'illusions, étaient persuadés qu'ils seraient libérés sous peu, dans six mois à tout casser.

Lui, il n'en était pas sûr du tout et voulait rester maître de la situation. Comme il en avait plus qu'assez de vivre en sourd-muet, il s'obstina, refusa toute justification, se retrancha derrière l'invisible frontière du rejet tracée par les hommes de la chambrée.

Nouveau Stang Ihuern. Il n'en a pas peur, la vieille mémoire des réprouvés le soutient. C'est sans peine qu'il redevient le lépreux, le charbonnier de la forêt, l'homme qui cherche en silence la vérité et revendique son exil, son écart, sa liberté. La forteresse intérieure, toujours. L'île secrète des Noirs.

*

« J'apprends l'allemand », proclame fièrement l'en-tête du premier de ses trois carnets de travail. Comme à l'école, il souligne son titre puis entame son répertoire.

Sur la route de la liberté, il a déjà parcouru beaucoup de chemin : il fait fi de l'ordre alphabétique, préfère suivre le fil de ses curiosités, de ses éblouissements, de ses passions. Il commence donc par *Blum*, « fleur ». Et *blühen*, « fleurir ».

Ensuite vient l'« arbre », *Baum*. Puis ce mot qui, jusqu'à la fin de sa vie, fut pour lui essentiel : « maison », *Haus*.

Une fois ces fondations posées, le monde peut prendre forme. Le paysage qui l'environne, champs et campagne, *Feld*, *Flur*. Puis ce qui va permettre de le déchiffrer, vent, nuages, soleil, lune, *Wind*, *Wolken*, *Sonne*, *Mond*. La vie, finalement, de la France à l'Allemagne, est la même.

Surgissent alors les humains, pareils aussi à ce qu'ils sont partout, sexués, classés selon leur âge, *Mann*, *Frau*, *Kind*, homme, femme, enfant.

Il passe alors aux animaux. Il s'occupe vraisemblablement de chevaux, d'une étable et d'une basse-cour puisqu'il aligne *Hengst*, « étalon », *Stute*, « jument », *Folhen*, « poulain », et, tout aussi scrupuleusement, les mots allemands pour bœuf, vache, veau, coq, poule, poussin. L'endroit est sûrement peuplé de forêts, il poursuit en inventoriant des essences d'arbre, mélèze, sapin, orme, bouleaux. Quand on l'y a envoyé couper du bois, il a dû demander s'il y rôdait encore des ours et des loups, les mots apparaissent sur sa liste.

Dès la troisième page de son répertoire, il sacrifie aussi à sa passion pour les oiseaux. Depuis toujours, il est fasciné par leurs manèges. Comme tout un chacun à Cléguérec, il a appris dès l'enfance à y lire le temps qu'il va faire le lendemain, parfois même plus loin : avec de l'expérience on peut calculer des jours à l'avance la date d'arrivée du printemps et des froids. Ainsi peut-on se faire une idée de ce que seront les récoltes ; et du même coup, de la nourriture dont on va disposer.

Maintenant qu'il en est réduit à la condition de serf des nazis, ce savoir ancestral est absolument nécessaire à sa survie. Mais s'il identifie à peu près toutes les espèces de volatiles qui peuplent le ciel de la Hesse, il ignore ce qu'ils annoncent ; eux non plus, les oiseaux allemands, il ne comprend pas ce qu'ils disent. Un jour ou l'autre, il faudra qu'il questionne un paysan, et c'est urgent. À l'aide de son dictionnaire, il inventorie la faune qui traverse le ciel avec son contingent de messages météorologiques : cigognes, aigles, éperviers, mésanges, faucons, grives, merles, corbeaux, chouettes, hirondelles, bruants, alouettes, bergeronnettes.

Quand il commence ce patient travail de recensement, il doit aussi se battre contre des moustiques et des rats : les mots *Mücke* et *Ratte* surgissent dans son répertoire. Assez vite, de toute évidence, il réussit à échanger des mots avec des Allemands car, au bout de quelques pages, ses listes s'enrichissent du lexique de la convivialité : *Bank*, « banc », *Tisch*, « table », *Fräulein*, « mademoiselle ». Et de premiers bouts de phrases : « Je vous remercie, je me porte bien », « Excusez-moi », « Adieu, monsieur. »

On ne le laisse pas souffler longtemps, à nouveau les ordres pleuvent : « Sortez les bestiaux de l'étable ! » « Mettez les bestiaux en sûreté dans l'abri souterrain ! » « Éteignez la lumière ! » Le soir venu, dès qu'il est rentré au baraquement, il consigne ces phrases sur son carnet qui, du coup, peut se lire comme une chronique du kommando. Un jour, vraisemblablement, des soldats ont débarqué à l'improviste dans la chambrée pour une fouille surprise puisqu'il note : « Debout ! Retirez les mains de vos poches ! Et tenez-vous droits ! Saluez correctement, allez allumer le poêle, tout de suite ! Enlevez les toiles d'araignée, nettoyez vos quarts, remettez-les en place. Les cabinets sont dans un état infect ! Qui va là ? *Ruhe*, "silence" ! *Heraus*, "dehors" ! Vous avez compris, oui ou non ? *Ich warne Sie zum letzten Mal !* "Prenez garde ! C'est la dernière fois !" »

La routine elle-même, il la consigne sur son calepin : « Rassemblement pour la soupe ! Rassemblement pour la marche ! Marche en colonne ! Garde-à-vous ! Repos, rompez ! Jetez vos cigarettes ! Balayez l'atelier ! Voici les outils, fendez du bois ! » Pendant la journée, il doit mémoriser les phrases en situation, phonétiquement ;

et le soir, avant d'enregistrer les mots qu'il vient d'apprendre, chercher dans le dictionnaire leur orthographe exacte. Puis, comme à Cléguérec du temps qu'il apprenait le français, il tâche de comprendre, grammaire en main, comment ils s'agrègent les uns aux autres, se cimentent, se façonnent, se cloisonnent. La langue est une maison, il l'apprend comme la maçonnerie.

Et aussi vite : en quelques semaines, il sait moissonner en allemand, laver son linge en allemand, affûter des faux et conduire des chevaux en allemand. Même couper des trognons de chou en allemand.

Dans la campagne où il passe ses journées, il voit un jour débouler sur une petite route des side-cars, d'énormes camions-citernes, des automobiles passées à la peinture de camouflage. Le soir venu, il cherche le nom allemand de ces véhicules dans son dictionnaire et les intègre à son répertoire. Tout laisse entendre qu'il n'a pas été seul à observer la scène. Il a demandé à quelqu'un, semble-t-il, où se rendait tout ce cortège ; et appris qu'il rejoignait le bunker qu'Hitler s'est fait construire dans le coin. Un repaire bourré de postes émetteurs et de téléphones à liaison automatique : ces deux derniers termes apparaissent dans son carnet et, un peu plus bas, la phrase : « Gardez ça pour vous. »

Puis il passe à une autre étape. Il reprend sa liste et, sur un autre calepin, la classe cette fois par ordre alphabétique. L'exercice présente deux avantages : il révise et, simultanément, occupe ses insomnies. Ce dernier mot est apparu sur le précédent carnet, à côté de « nausées » et « épidémie de dysenterie ». Il a manifestement vu un médecin : des bribes de dialogue sont consignées sur le calepin.

Pas commode, le toubib. Quand, après ses malaises, il a évoqué les puces et les punaises qui infestent le baraquement des prisonniers, l'autre l'a coupé : « Pas de paroles inutiles ! Tenez-vous droit ! » Les cris sont constants. « Signez votre reçu ! » vocifère un troufion lors de la réception d'un colis. Il consigne religieusement la phrase sur son carnet ; et la première fois qu'il vient présenter au soldat allemand chargé du courrier le *kriegsgefangenenpost* qu'il est en droit d'adresser à Simone tous les huit jours, on aboie : « Écrivez lisiblement, et pas trop serré ! »

Une autre fois, on fouille un colis qu'il vient de recevoir et on y découvre une lettre imprudemment glissée par son correspondant. Le troufion allemand hurle : « Il est interdit d'ajouter des informations dans les colis ! » Pas difficile d'imaginer la suite : la lettre brandie puis déchirée sous ses yeux.

Pas un prisonnier qui ne subisse ces vexations. Mais lui, comme il comprend la langue de l'ennemi et commence à le parler, saisit la complexité, la subtilité des situations. Par là même, de temps à autre, il parvient à berner les Allemands. Un jour, un de ses compagnons de chambrée s'en aperçoit et lui jette : « Dis donc, toi, avec les Frisés, tu te débrouilles... Tu pourrais pas me donner un coup de main ? » Il ressort aussitôt de son coin.

Dans ses listes de vocabulaire viennent alors se glisser des chansons d'amour. Les romances que le kommando entonne lors des anniversaires ou des fêtes, Noël, le nouvel an, Pâques, la Saint-Jean. « J'attendrai », bien sûr, mais aussi « L'âme des violons », « La java bleue », « Bohémienne aux grands yeux noirs ».

Puis il se pique d'écrire lui-même une chanson. Couplets et refrain, tout y est. « Prisonniers, cherchons l'oubli des souffrances / Dans les couplets joyeux d'une romance... » Il a repassé l'invisible Stang Ihuern qui le séparait des autres. Pas de rancune ; maintenant qu'on l'a compris, qu'on le recherche et qu'on l'aime, il se mêle de bon cœur à tous les rites de la chambrée. Il semble heureux, serein. Mais dans la nuit de Pâques 1941, une fois de plus, les forces de l'Invisible reviennent le visiter.

Un nouveau rêve. Le surlendemain, sur treize pages, il en livre le récit hallucinatoire dans un style qui évoque le fantastique du XIXe siècle – il vient de lire, sans doute, le volume des *Diaboliques* de Barbey d'Aurevilly que j'ai retrouvé dans la valise. Sous le nom étrange de « Professeur Légendaire », un homme s'est présenté à lui, qui s'est lui-même décrit comme un mélange de philosophe, voyant et prophète.

À sa vue, il a douté que le métier de « Professeur Légendaire » ait jamais existé. Mais l'apparition – Sirma ? – ne lui laisse pas le temps de s'interroger. « Êtes-vous poète ? » demande-t-elle. Malgré ses récentes tentatives littéraires et musicales, il dément. La bouche du Professeur Légendaire dessine une moue, il n'a pas l'air de le croire. Puis il change brusquement de conversation et s'exclame : « Patience et calme ! Je sais que le sort de ta famille te plonge dans une angoisse mortelle. Mais je te le prédis, tu vas bientôt t'élever intellectuellement et spirituellement. Quant à l'exil qui te ronge, je t'annonce qu'il va durer huit cents jours. »

Sur ces mots il se réveille. Écrasé de perplexité : le Professeur Légendaire n'a pas dit s'il comprend ou non la drôle de guerre dans son décompte.

Son carnet, aussitôt, se couvre d'additions. Il se souvient de sa guerre au jour près ; il a tôt fait de calculer : « Guerre + captivité = 800 jours finis le 2 novembre 1941. Captivité seulement = 800 jours finis le 26 août 1942. À partir du jour où je fis ce rêve : 20 juin 1943. »

Le 2 novembre 1941 se passe, et il est toujours derrière les barbelés. Il écrit alors un poème désespéré où il fait rimer le lexique banal de l'époque, « France », « espérance », « renaissance », avec des mots qui lui sortent du cœur, « désarroi », « tristesse », « austère jeunesse » : il n'en peut plus de voir les nazis confisquer le nerzh de ses vingt-sept ans. Puis il se reprend ou, selon son expression, « se surmonte », agrippé avec l'énergie d'un naufragé à la deuxième échéance qu'il a calculée, le 26 août 1942.

Mais fin mars une mauvaise nouvelle lui parvient : il va être transféré à Niederflorstadt, une petite bourgade où la situation est devenue alarmante. Dans les fermes, depuis que Hitler a multiplié les fronts, les Allemands en âge de travailler les champs et de s'occuper des bêtes sont absents, stationnés pour la plupart en Pologne, en France, en Norvège, voire sur le front russe ou à bord des sous-marins qui croisent en Atlantique et Méditerranée. D'après les rumeurs, on n'est pas près de relâcher les prisonniers de Niederflorstadt. Hors de question de s'évader non plus. Ces travailleurs-là, les nazis y tiennent. Ils les gardent sévèrement à l'œil.

Quelques mois plus tard, il réussit à adresser à sa femme une lettre clandestine.

# 24

Elle est datée du 13 septembre 1942. Il l'a écrite un dimanche, au crayon, sur ce qui ressemble à une copie d'étudiant grand format, de couleur jaune pâle. La feuille est dépourvue de lignes mais ça ne le dérange pas, il peut s'en passer : son écriture, même si elle a changé, est toujours au cordeau.

Il est très long, ce courrier, il n'a pas voulu perdre un centimètre carré de papier. Une fois fini, il l'a glissé dans une petite enveloppe gris-bleu qui porte encore la trace d'une pliure en son milieu. Selon le texte même de la lettre, il l'a ensuite introduite dans une boîte métallique, sous un gâteau confectionné à l'intention de ma mère par la fermière chez qui il travaillait.

Ce colis et la lettre sont eux-mêmes une réponse à un envoi clandestin de ma mère. Qui faisait suite à une initiative de la fermière chez qui il avait été placé. Un jour, elle avait remarqué son regard abattu. Elle appréciait sa tenue, son énergie, sa précision dans le travail, sa maîtrise de la langue allemande. Elle s'est doutée qu'il était rongé par le désespoir et l'anxiété, s'est risquée à lui poser des questions personnelles. Il a été ému de son intérêt, a oublié un moment son écart et lui a livré, avec prudence, quelques indications sur les siens. Lorsque la fermière a appris que sa femme, sa fille et ses beaux-parents vivaient à Lorient, elle est partie d'un grand cri : « Lorient ! Mais c'est là qu'ils ont envoyé Franz ! »

Franz, à ce que j'ai compris – car mes parents l'ont parfois évoqué ; j'ai alors vu qu'à des années de distance ils restaient éblouis par cette stupéfiante coïncidence –, était le fils d'un voisin de la fermière. Un jeune soldat, semble-t-il, qui travaillait à la monumentale base sous-marine que l'Organisation Todt venait de construire dans la rade de Lorient.

Je crois aussi me souvenir que mon grand-père, par le plus grand des hasards, avait lui-même séjourné à Niederflorstadt ou dans les environs quand il avait été lui-même prisonnier des Allemands à la fin de la guerre de 1914 ; et que cette seconde coïncidence n'avait pas été pour rien dans la détermination de la vieille fermière à adoucir la peine de « son » prisonnier lorsqu'il lui avait confié qu'à cause de la censure il ne savait pas au juste ce qui se passait à Lorient, sinon que sa femme et ses beaux-parents avaient beaucoup de mal à joindre les deux bouts, qu'ils n'avaient quasiment plus de travail et se rongeaient les sangs à l'idée qu'ils pourraient ne jamais le revoir.

« Mais comment les rassurer ? soupira-t-il. Je n'ai droit qu'à vingt-cinq lignes par semaine, signature comprise, et tout ce que j'écris est surveillé. Qu'est-ce que je peux faire, sinon parler à ma femme de la pluie et du beau temps, des travaux des champs, de ce que je lis, et à la fin, toujours la même phrase, je suis en bonne santé, tout va bien, tiens bon, courage… Je n'ai vu ma fille qu'une seule fois, elle avait trois mois. Maintenant elle a trois ans. J'ai quelques photos, mais comment me faire une idée d'elle ? »

La fermière ne répondit pas. Quinze jours plus tard, cependant, elle le prit à part : « J'ai trouvé le moyen de faire passer vos lettres en douce. »

Son mari était lunatique et grincheux, mais pour d'obscures raisons, elle avait barre sur lui. Elle était sûre qu'il se tairait, comme son fils aîné, qui travaillait à Francfort.

Elle disposait par surcroît de très solides complicités dans le bourg : ici, les gens avaient toujours vu Hitler d'un très mauvais œil. Au point que Niederflorstadt et sa voisine Oberflorstadt, qui s'étirait sur l'autre rive de la rivière Nidda, avaient été surnommées « Florstadt la Rouge ». Le fils de Marie-Anne Le Bihan n'aurait pas pu mieux tomber.

L'opposition de la population, lui raconta la vieille fermière, s'était manifestée dès les élections de 1931. Les gens du coin n'avaient pas craint de débarquer dans le café où les candidats nazis tenaient leurs réunions ; ils les avaient pris à partie et, pour certains, leur avaient cassé la gueule. Mais début 1933, mille SA envahirent les rues, défilèrent sur des musiques militaires, suivis d'un gros renfort de suppôts du parti d'extrême droite Casque d'acier. Quelques semaines plus tard, les emblèmes de la République se retrouvèrent au fond de la rivière, le maire fut déposé et le drapeau à croix gammée hissé d'autorité au fronton de l'école. Puis le gouvernement lança la construction d'une autoroute ; les chômeurs trouvèrent à s'employer, tout le monde se tut.

Quand, deux ans après, Berlin ordonna la construction dans le bourg de cinquante abris antiaériens, on s'inquiéta un peu mais ça aussi, ça donna du travail. Puis la machine infernale s'emballa ; la synagogue fut incendiée, les magasins juifs pillés. Quelques jours plus tard, tous les jeunes de la communauté se volatilisèrent. « On les a envoyés en préventive », grommela le maire sans plus de précisions. La terreur régnait déjà partout : Hitler, à cinquante kilomètres de là, se faisait construire un bunker. Il l'inaugura en mai 1940 pour lancer son offensive contre la France. La victoire n'était pas acquise que des soldats investirent l'école de Niederflorstadt et, dans le hall de son gymnase, aménagèrent les chambrées du kommando 80 IX B, lits, tables, bancs, four, le tout encerclé d'un mur de barbelés. C'est là que chaque soir, au retour de la ferme, s'en allait dormir, sous bonne garde de mitraillettes, le matricule 1180, dans le civil Le Pohon Jean, que la fermière, pour sa part, avait décidé d'appeler par son prénom, ou du moins son équivalent allemand, Johann.

Comme lui, elle était à bout. Et autant que lui. L'année d'avant, l'administration avait ordonné le rationnement de la viande, du foin, des œufs, des pommes de terre. Puis les habitants de la région avaient reçu l'ordre de déclarer leurs chiens et leurs chevaux. Ils s'étaient mis à trembler : « Ça veut dire que là-haut ils programment le pire. On n'aura bientôt plus rien à manger, on va être obligés de se rabattre sur les bêtes, mais elles aussi, ils les veulent pour eux, rien que pour eux… »

Le formulaire de déclaration, pour comble, arriva au lendemain d'une très violente tornade. Elle avait dévasté les moissons, couché les arbres, crevé les toits ; et pour couronner le tout, les doryphores s'étaient mis dans les patates.

Les patates, justement : Jean-Johann était un as, question patates. Il faisait davantage que les cultiver, il les soignait, les couvait. Depuis les champs où on les faisait pousser jusqu'à la grange où on les entreposait, il les avait constamment à l'œil, les binait, écrasait le moindre doryphore, veillait, une fois qu'elles étaient récoltées, à ce que les vers ne se mettent pas dedans, ni qu'elles germent. C'est d'abord pour cette passion des patates qu'il a plu à la fermière, son Johann. Elle a fini par lui demander : « Mais qui t'a appris ? » Il a répondu : « Quand j'étais petit », sans plus.

Elle a été comme toutes les femmes : subjuguée par sa tenue, sa souffrance, son mystère. Et s'est mise à l'aimer. Comme Anaïk Le Bourhis, en mère. Elle a voulu le protéger, l'entourer. Il faut dire que son second fils, le plus jeune, était à la guerre.

*

Elle tremblait aussi pour son aîné. Il vivait à Francfort, ne revenait que pour les vacances ; la ville essuyait régulièrement les attaques des Anglais et des Américains.

Un jour qu'il était là, elle le mit dans la confidence. Il fit alors plusieurs photos de Jean-Johann aux rênes d'un char à bœufs. Les clichés, depuis l'Allemagne, furent transmis à Franz, qui les achemina lui-même à Simone.

Lorsqu'elle les découvrit, elle fut toute chamboulée : dans son bleu de travail rapiécé et délavé, son mari était d'une tenue plus extraordinaire que jamais. J'ai ce cliché sous les yeux ; il a été très abîmé lors des bombardements de Lorient, mais il est encore assez net pour qu'on remarque que la scène est baignée d'une lumière d'été. Il fut donc pris peu avant que Simone remette à Franz un colis à l'intention de son mari – des journaux récents pour l'essentiel, ainsi que des victuailles, dont du beurre et des fruits frais. Avant de le refermer, elle y avait aussi glissé une courte lettre.

Je me demande comment ma mère, à Lorient, a pu rencontrer Franz. Le danger guettait, côté allemand mais davantage encore côté français : Lorient commençait à gronder contre l'occupant, la Résistance s'en prenait aux soldats de la Wehrmacht, il y avait eu des attentats et nombre de femmes n'avaient pas craint de protester publiquement contre les restrictions de pain ; le 14 juillet, une manifestation silencieuse avait réussi à regrouper mille personnes devant le Monument aux Morts.

Mon grand-père est peut-être monté en première ligne. Un homme très fin, lui, sous ses dehors léthargiques. De sa longue captivité pendant la guerre de 1914, il lui restait un peu d'allemand et pas mal de ruse ; au besoin, il savait accentuer son air benêt et passer pour l'idiot du village.

La jeune Simone, en tout cas, a appris au dernier moment que Franz était prêt à envoyer son paquet en Allemagne. Mon père, dès qu'il a découvert la boîte métallique que lui tendait la fermière, s'est immédiatement aperçu qu'elle avait confectionné le colis à la hâte : les ficelles qui maintenaient son couvercle étaient mal ajustées ; et le papier, autour des fruits qu'elle avait cueillis dans le jardin de sa mère, découpé de travers.

Elles l'ont ému aux larmes, toutes ces maladresses : avec elles, c'est sa femme qu'il a revue, ses gestes fébriles, ses mains au dévouement enfantin. Du coup, avant de rédiger sa réponse dans la promiscuité et la sempiternelle agitation de la chambrée, il s'est dit que la priorité des priorités, c'était de l'apaiser.

Pas un mot par conséquent sur les bombes que les Anglais sont venus jeter sur Niederflorstadt le mois d'avant ; même silence sur ce qui se passe au bourg, les nazis qui forcent le nouveau maire à quitter l'hôtel de ville, les SS qui, un beau matin, débarquent chez les quarante-huit derniers juifs à n'avoir pas fui et les font monter dans un camion à coups de crosse dans les côtes. Il préfère parler du cadeau qu'il va joindre au colis : un gâteau que la fermière est en train de lui cuire : « Quelle joie à mon tour de pouvoir t'envoyer quelque chose, cela te fera aussi entrevoir que les gens ici sont comme chez nous. »

« Entrevoir » : à son habitude, il a pesé chaque mot et l'appelle, même dans cette lettre clandestine, à lire entre les lignes. Il sait qu'elle a mûri, qu'elle comprendra immédiatement ce qu'il veut dire : ne t'inquiète pas, je suis tombé sur des gens qui vivent comme nous, pensent comme nous. Pas des barbares, des humains.

Et au cas où ça lui échapperait, il lui adresse un signal plus explicite : « Je mange avec eux et comme eux. S'il y a du poulet un jour, il y en a aussi pour moi. Si c'est maigre, c'est de même. »

Rude tâche que de rendre courage à la fragile Simone. La marge est étroite : il ne faut pas la bercer d'illusions, pas la décourager non plus.

Il s'en sort très bien : « Je vais encore passer le prochain hiver ici. Je crois que le plus dur est passé, aussi il n'y a pas lieu de se décourager. L'avenir nous appartient, sois confiante, travaille dans le calme en élevant notre Solange que je vais trouver grande à mon retour. Au jour où nous reprendrons la vie commune, nous nous féliciterons d'être restés actifs en gardant notre corps et notre esprit sains. Ce jour ne peut être loin et ce sera une vraie renaissance… »

Dans cette belle façade, tout de même, deux fissures. Un aveu lui échappe à la fin de la lettre : « Toute l'ardeur de ma jeunesse est refoulée derrière les barbelés. » Et un peu plus loin, le fantôme de Sirma réapparaît : il demande à Simone de relire sa voyance et de vérifier que la période où le mage lui a prédit qu'il devrait surveiller ses écritures est bel et bien l'année 1943.

Il s'y prend cette fois avec tact : « Elle pourrait nous donner un aperçu de la fin de nos peines. » Et revient tout de suite à la paisible chronique de son petit train-train de prisonnier dans une ferme où, dit-il, il n'est en définitive pas si mal : il mange à sa faim, parle la langue, circule librement dans le bourg et les champs. Il reste toutefois prudent, lui demande comment les Lorientais se comportent avec les Allemands : il veut estimer le danger qu'il y a à échanger de nouveaux courriers et colis clandestins. Malgré tout, il en rêve : « J'aimerais un peu de vin de France, depuis le temps que je n'en ai goûté. Bien enveloppé, il ne peut y avoir de casse… »

La lettre est arrivée à sa destinataire. Comme il l'avait annoncé un peu plus haut : dans une boîte métallique, sous le gâteau qu'avait confectionné la fermière. Le tout à l'intérieur d'un colis que le voisin adressa au jeune Franz de la base sous-marine de Lorient.

Il a pris d'énormes risques, ce petit soldat allemand. Et ma mère aussi, et mon grand-père, et la fermière de Niederflorstadt, et son voisin le père de Franz. Dans le même esprit, le même mouvement : le refus de la haine.

Mais la guerre a été plus forte qu'eux. Il n'y a pas eu d'autre colis clandestin, et encore moins de vin de France. Le mois d'après, une formation de bombardiers américains a fait son apparition au-dessus de la base sous-marine de Lorient.

Puis ce furent des avions anglais. Dès lors ça n'a plus arrêté, jusqu'à l'apocalypse de début 1943, l'ouragan de bombes, la ville en feu, de nuit, comme dans les cauchemars de mon père.

Je ne sais pas ce qu'est devenu Franz, mes parents ne me l'ont jamais dit. Au regard de l'immense fracture que représenta dans leurs vies la destruction de la ville, son destin vraisemblablement n'a pas compté. De cette période, ils n'ont retenu que la fuite de Simone sur la charrette de Pierre ; il accourut avant le drame, comme promis, déménagea ce qu'elle avait de plus précieux et la sauva du pire avec sa petite fille.

Sa mère boule-de-volonté hésita, pour une fois, avant de se laisser convaincre par Pierre. Elle partit un peu plus tard avec son mari et Suzanne, sans emporter grand-chose – elle était persuadée que les bombardements allaient cesser.

Ils trouvèrent asile dans le grenier minuscule et glacé d'une ferme perdue dans la campagne de Séglien. C'est là qu'ils apprirent que la ville avait été presque entièrement détruite. Tout leur quartier avait brûlé et leur bout de maison aussi. En partie seulement, mais brûlé quand même. Quant à la base sous-marine, elle était intacte. Elle avait résisté à la tornade de bombes.

Alors la boule de volonté s'est désintégrée ; et à sa suite son mari, Suzanne, Simone. Tous, ils se sont effondrés. Ils ne montraient rien à la petite Solange, ils faisaient semblant, semblant de tout. Ils mendiaient du travail mais n'en trouvaient pas, vu la quantité de réfugiés qui s'était massée là, sur les terres de la plus pierreuse Bretagne. Ils pleuraient alors à l'intérieur et c'était pire. Il leur arrivait de s'abattre sur leur lit et de rester couchés en plein jour, incapables d'un seul mot.

# 25

Ces années-là, 1943-1945, j'en suis désormais convaincue, c'est la clé de ce qui s'est passé ensuite et aboutit un jour à ce prénom que je n'aurais jamais dû porter. Mon père, depuis l'Allemagne, et grâce aux seules vingt-cinq lignes auxquelles il avait le droit chaque semaine, ces dizaines de *kriegsgefangenenpost* que j'ai retrouvés dans la valise, s'est obligé à tenir et à faire tenir sa famille désormais réduite à la condition de réfugiés.

Mots simples, souvent banals, bridés par la censure, mais répétés sans relâche : « Garde confiance, ne t'inquiète pas, on va se retrouver. » « La santé d'abord, tu vas voir, le reste suivra. » « La guerre fait souffrir tout le monde, garde-toi des idées noires, fais comme moi, oblige-toi à la gaîté ! Et puis, il y aura peut-être la relève, je finirai bien par être libéré. Pas tout de suite, mais dans un an ou deux, allez, tiens bon… »

Les courriers de ma mère ont presque tous disparu, mais aux réponses de mon père, je vois bien qu'elle touche le fond. Entre les lignes, je sens aussi qu'il se force lui-même à sourire mais qu'une fois seul, dans la campagne, ou le soir, lorsqu'il a regagné l'étroit châlit de sa prison, il se replie dans sa forteresse intérieure pour ferrailler contre ses vieux ennemis. Non les Allemands, mais l'anxiété, la colère. Il est déjà le père que j'aurai, cet homme à la joie brève, couvant ses secrets, aussi acéré et dur, parfois, que les arêtes de quartzite qui couronnent sa chère forêt de Quénécan. À force de se faire violence, il n'est plus que volonté.

Dans ses carnets, plus une seule mention des prédictions de Sirma, et encore moins de songes prémonitoires. Longtemps que les huit cents jours du Professeur Légendaire qui lui est apparu en rêve sont passés, finie aussi l'obsession du 23. Il vit au jour le jour, en poursuivant son répertoire franco-allemand – à mesure qu'il progresse dans sa maîtrise de la langue, il s'enrichit de mots de plus en plus abstraits : asservissement, tolérance, indulgence, pardon, discorde, s'entraider, innocent, mélancolie, deuil, l'Être, le Créateur. Autant d'indices sur les réflexions qu'il mène au fond de sa citadelle secrète. Mais sur le carnet qui couvre cette époque-là, plus d'épanchement, plus de chansons, plus de poèmes. Son nerzh est désormais employé au seul service de son obsession : jusqu'à la libération par les Alliés, tenir, se tenir, faire tenir.

Mesure-t-il vraiment la détresse de sa femme ? Je le suppose mais, sur ce point, il ne m'a jamais évoqué qu'une scène fugace : l'arrivée, un matin, de réfugiés qui fuyaient les bombardements de Francfort. Ils avaient le pas hagard, me dit-il, et les yeux stupéfaits par les solides et médiévales constructions du village. Un bref instant, il crut voir Simone débarquer de la charrette de Pierre sur la place de Séglien ; et découvrir, aussi flottantes qu'eux, les altières façades de schiste du petit village breton, lui-même inchangé depuis des siècles.

Mais s'il veut tenir, il doit s'interdire d'imaginer. Il revient aussitôt à sa propre survie. Son existence à Niederflorstadt est la symétrique de celle de Simone en Bretagne : les Alliés ne sont plus très loin. Leurs avions ne cessent de traverser le ciel ; de loin en loin, un de leurs appareils s'écrase dans les champs ou des bombes tombent sur le village, et comme à Séglien la peur se mêle à l'espoir. Autour du gymnase-prison où il retourne se coucher chaque soir, on double les barbelés, on renforce les gardes ; puis on donne l'ordre à l'armée de réquisitionner une partie de la récolte de pommes de terre et de fondre les cloches de l'église.

Il enregistre tout. En poursuivant sa guerre à lui : le combat contre l'angoisse. Du matin au soir, il serre les dents. Le jour où sa femme lui apprend la mort de son frère Joachim, pas un mot, sinon qu'il n'a jamais pu le sortir de ses idées noires. Quelques mois plus tard, c'est Pierre qui est terrassé par une crise cardiaque et rejoint l'Autre Côté. Un seul commentaire : « Il est mort bien jeune. » Refus radical de l'apitoiement sur soi ; et quand ma mère s'en étonne, il lui adresse en réponse de nouveaux mots pour l'espérance : « Allez, on s'en sortira, nous possédons un trésor à nous, la jeunesse. »

Pourtant il voit bien, le matin, lorsqu'il se rase, que ses joues ont fondu et qu'il a perdu la moitié de ses cheveux. Il se détourne de son reflet, se replie instantanément sur sa méthode de survie : écouter, observer, déchiffrer, prévoir. En février 1944, lorsqu'il entrevoit, grâce à la TSF de la fermière, la victoire prochaine des Alliés, il réclame à sa femme une grammaire anglaise. Contre la peur, les mots, toujours les mots, rien que les mots.

Le Débarquement empêche, côté français, l'acheminement des lettres. Pendant six mois, il n'a quasiment plus de nouvelles de qui que ce soit. Têtu, ponctuel, il persiste à envoyer chaque semaine à sa femme ses vingt-cinq lignes d'espoir. Doublées, dès qu'il le peut, des quelques marks que lui versent les Allemands.

Et ça marche : quand le contact est rétabli, Simone lui annonce qu'elle a trouvé du travail. Mieux, elle parle de s'établir comme couturière à son compte.

Il se dit qu'il a gagné et reprend aussitôt la routine qu'il s'est inventée pour tenir : l'observation et le décodage des moindres incidents qui se déroulent dans le village et la campagne. Ces dizaines de camions, par exemple, qui envahissent un jour les champs de Niederflorstadt ; des soldats en jaillissent puis camouflent les véhicules entre les herbes. Un autre jour, la carrière de pierre est subitement investie par les SS. Des soldats, derrière un cordon d'hommes lourdement armés, sont chargés de creuser des tranchées. Enfin l'ordinaire : ces bombes incendiaires qui, chaque soir, rougissent le ciel du sud, la direction de Francfort ; le lendemain, parfois, on retrouve dans les pâtures et les bois des carcasses d'avions anglais et américains. Il écrit à sa femme : « De meilleurs jours se préparent, ne t'inquiète pas, ne t'impatiente pas. » Phrase conjuratoire : il ne tient plus en place. Et certaines nuits il n'en dort pas, à l'idée qu'il pourrait mourir derrière les barbelés.

À quoi ressemble-t-il au juste, en ces semaines d'angoisse ? Je n'en trouve aucun indice dans ses lettres, je suis forcée de m'en remettre aux images qui m'ont traversé l'esprit quand je les ai lues. Une épée d'acier tout juste sortie de la trempe, une de ces lames du haut Moyen Âge que les forgerons de la vieille forêt des Rohan chauffaient jusqu'à l'incandescence avant de les plonger dans l'eau de l'étang aux macles. Mais le plus souvent, il m'a évoqué cette tanière qu'à l'approche de l'armée américaine il se creusa en solitaire dans un bois proche de la ferme – il ne voulait pas être l'otage des nazis ni se retrouver déporté au diable. Un soir, il ne rentra pas au cantonnement et alla se tapir dans cette tranchée soigneusement recouverte d'un toit de planches lui-même dissimulé sous une couche de végétation, un abri conçu avec son habituelle précision, puis bourré, avec la complicité de la fermière, de nourriture et de réserves d'eau.

Il ne m'a rien confié de ce qui se passa pendant les deux jours et deux nuits qu'il resta là, sinon qu'ils lui parurent sans fin. Puis se leva une aube déchirée de rafales de mitraillettes. Une heure et demie encore, et ce fut le silence. Il risqua un œil hors de sa tanière. À l'horizon, pas une maison qui n'affichât un drapeau blanc. Il était libre.

Neuf jours plus tard, le 5 avril, sur la route Pontivy-Séglien, son vélo croisait celui de sa femme et il s'effondrait dans ses bras.

« Le jour de la sainte Irène ! » me suis-je amusée quand il m'a raconté la scène. Il a eu un petit mouvement de la main, l'air de ne pas vouloir prendre la remarque au sérieux, comme s'il me signifiait : « Pure coïncidence. » Puis il a eu son œil de hibou, m'a sondée un court instant, a vaguement hoché la tête et regardé ailleurs.

*

Les premiers moments d'euphorie passés, ma mère n'eut qu'un commentaire à son propos : « Il est devenu dur. » À plusieurs reprises, dans ses courriers de la fin 1944, il l'avait prévenue : « Tu risques de ne pas me reconnaître. Toi aussi, tu auras changé. Je ne parle pas de nos corps mais de nos esprits. Ils ne seront plus jamais les mêmes. Il faudra nous adapter, nous comprendre. »

Elle n'a pas pu. Elle, son horizon, c'était le même qu'au jour de son mariage : vivre l'amour dans une maison à eux. Et elle s'est retrouvée à vivre avec un homme en forme de lame d'acier. Passionné par son idéal, son travail.

Elle a pleuré. Ça l'a mis à bout. Chaque jour il était plus distant, plus sec. Alors, comme toutes les femmes de ce temps-là, elle a fait avec.

Lui aussi. Comme du temps des barbelés il a rejoint, raidi dans son écart, sa forteresse intérieure en se répétant : « On n'a pas souffert comme on a souffert, lutté comme on a lutté cinq ans durant, pour se séparer maintenant. Et puis il y a les enfants. » Une deuxième fille venait de naître. Ils étaient au moins d'accord sur un point : en rester là.

# 26

Je n'ai jamais su au juste quand Irène II a relancé mon père. Ma mère m'a seulement dit qu'elle se manifesta à lui dans les années qui précédèrent ma naissance.

Je me demande si ce n'est pas en 1948 : cette année-là, mon père a beaucoup écrit. Comme tous les ans, il s'était acheté un agenda. Le précédent était vierge. Mais celui-là, il l'a scrupuleusement tenu, jour après jour.

Je soupçonne une crise. Mais comment y voir clair ? Depuis sa captivité, il est plus méfiant que jamais ; il sait aussi que ses silences ont rendu sa femme très intrusive. « Il cachait ses carnets dans sa boîte à outils et il continue ! » me dit un jour ma mère avec un petit rire, me signifiant ainsi qu'elle n'avait jamais cessé de l'espionner.

Le carnet de 1948, découvert lui aussi dans la valise de l'Anglais, est plutôt un livre de raison. Des notes à lui-même adressées et dont il est seul à maîtriser les codes. Parfois, il barre une page d'un rageur « Cafard », ailleurs c'est « Calme dans l'ensemble » ou « Sans incident ». Seulement comment savoir s'il parle de sa famille ou de son travail ? Un jour, il signale une violente dispute avec sa femme, sous l'appellation de « soupe de grondin » – le nom qu'on donne à Lorient aux querelles de ménage ; puis, vers le mois de mai, une grosse cuite – ce n'était pas du tout son genre. Enfin, vers la fin de l'année, il se dégoûte de ce carnet et le clôt, dix jours avant Noël, sur quatre lignes énigmatiques : « La fièvre m'emporte et j'écris n'importe quoi, sans savoir au juste pourquoi. » Il n'y tracera plus un seul mot.

Ma mère a-t-elle trouvé ce calepin, est-ce un message qu'il lui adresse ? Se sont-ils encore disputés, a-t-il rédigé d'autres textes qui ont disparu, qu'elle a découverts eux aussi, ou qu'il a détruits ? Comme toujours avec lui, il faut se résigner au mystère ; dans ce carnet, les seules indications explicites, détaillées et non codées concernent la météo et la petite maison au sol de terre battue que je n'ai jamais connue et dont l'investigatrice décidée à prouver que j'étais la fille d'un gros financier parisien devait retrouver la trace quatre décennies plus tard.

Çà et là, il livre aussi de brefs commentaires sur son nouveau travail. Pendant la drôle de guerre, ses supérieurs lui avaient demandé d'enseigner à sa compagnie les rudiments de la maçonnerie. Il s'était découvert des dons de pédagogue, et les gradés l'avaient couvert d'éloges. En 1943, dans les jours qui avaient suivi l'annonce de la destruction de Lorient, une intuition l'avait traversé : on n'aurait jamais assez de maçons pour reconstruire la ville. Il faudrait en former. Il s'en chargerait, donnerait un métier à ceux qui n'en ont pas, aiderait les autres à sortir du Rien où lui, on l'avait abandonné. Ce serait une façon de retourner la peau de son malheur. De même qu'il s'était fait, grâce à son allemand, l'interprète du kommando et avait pu, du même coup, adoucir la vie de ses compagnons d'infortune, il s'était promis, au plus sombre de la barbarie nazie, de transmettre le savoir de l'ancestrale tribu qui, des siècles durant, avait taillé et assemblé des pierres de l'autre côté du Stang Ihuern. Non plus dans les étroites limites de son lignage, mais au sein de la communauté des hommes. Il avait pensé que c'était ça, l'avenir, le partage et la diffusion du savoir.

Pour son plus grand bonheur, à peine rentré à Lorient, il avait appris qu'on recrutait des types comme lui, prêts à se faire passeurs de leur savoir-faire, au lieu de le garder jalousement pour eux comme avant. Il fut immédiatement sélectionné et maintenant, dans des baraquements construits à la hâte dans un bois de pins, il s'initiait à ce qui allait devenir toute sa vie : donner un métier à des jeunes qui n'étaient pas allés à l'école, ou n'y avaient rien appris.

Ça l'absorbait énormément. C'était aussi l'époque où, révulsé par la personnalité de Staline, il s'était éloigné du parti communiste et encarté à la SFIO. Lorsqu'il a découvert la lettre d'Irène II, elle lui a sûrement fait le même effet que ces explosions qui, de temps à autre, déchiraient le ciel de la ville, quand les démineurs faisaient sauter une bombe dans un immeuble en ruine ou aux abords des blockhaus.

Le récit que ma mère me fit l'année de mes seize ans est en revanche assez détaillé. Un jour, me dit-elle, le facteur lui avait tendu une lettre au seul nom de son mari. Il était au travail. Le tampon qui frappait le timbre indiquait que le courrier avait été posté de Concarneau. Elle n'y connaissait personne, elle a tout de suite su qu'il y avait danger. Aussitôt, elle a décacheté la lettre.

Le drame ne fut pas de découvrir que son mari était poursuivi par une ancienne maîtresse. Mais de comprendre que la signataire de la lettre l'avait passionnément aimé et qu'il l'avait aimée de la même façon. Comment a-t-elle pu retrouver sa trace ? se demanda-t-elle. Et maintenant elle veut le revoir !

Lorsque mon père rentra du travail, il se retrouva face à une furie et essuya une colère qui frôla les records d'éruption du volcan Marie-Anne Le Bihan. À des années de distance, ma mère restait extrêmement fière de cette explosion qui le figea sur place dès le seuil de la maison : « Ah, je l'ai fait marcher droit, ton père, ce jour-là, qu'est-ce qu'il croyait ! » Fini, la petite Simone de l'avant-guerre. Elle avait vécu, elle avait lu, elle s'était battue ; d'un seul coup, elle a déversé sur lui toutes ses frustrations, à commencer par la découverte qu'il n'était pas un héros mais un homme tourmenté, hanté par des angoisses qu'elle était bien en peine d'apaiser puisqu'il ne lui livrait quasiment rien de lui.

Elle ne m'a pas raconté le détail de sa colère, mais je peux imaginer le catalogue qu'elle lui a dévidé. La peine que ce fut, cinq années durant, d'élever seule sa fille aînée ; l'horreur des bombardements, la maison brûlée, le désespoir de ses parents. Et maintenant les diktats qu'il lui imposait, les repas à l'heure militaire, ses régimes, à nouveau, qui n'arrêtaient pas de changer, l'interdiction qu'il lui avait faite de lire le moindre roman-photo, comme si c'était ça qui la passionnait ! Il la prenait pour qui ? Elle avait fait un bout d'études, elle voulait avancer, elle aussi !

Ensuite, ses mains gercées de lessives, ses varices. L'hiver, les engelures. Et son épuisement, à même pas trente ans. Mais elle voulait vivre, comme lui ! Continuer d'apprendre, avoir un travail qui lui plaise, et même faire n'importe quoi du moment qu'elle sortirait de cette pièce unique où elle étouffait avec les enfants. Alors une maîtresse, par là-dessus ! Non mais !

Il a laissé passer l'orage, m'a dit ma mère. Puis il a relu la lettre et a cru pouvoir s'en sortir en minimisant l'affaire : « Rien que de l'histoire ancienne. »

Et il la lui a racontée, son histoire ancienne. Sans trop de détails, mais en sachant parfaitement où il allait.

Ça n'a pas raté, il y est arrivé : « De toute façon, tu as lu sa lettre : elle est mariée. On va aller la voir ensemble, comme ça tu seras tranquille. On ira à Concarneau, ça nous fera une sortie, on prendra un coup avec elle et son mari, on se racontera nos guerres, et voilà ! »

« Ç'a été pire que tout, a poursuivi ma mère. Je lui ai balancé : "Jamais de la vie !" Et je lui ai mis le marché en main : "Ou alors tu débarrasses le plancher !"

– Alors ?

– Alors ton père a compris que je ne parlais pas en l'air. Si jamais j'avais appris qu'il était allé la voir en cachette… »

Et elle a eu un petit rire de gorge. Sa jalousie n'avait toujours pas désarmé.

Avec ce souvenir qui me revient, je comprends pourquoi l'agenda suivant, celui de 1949, est à nouveau vierge. Et pourquoi je n'ai pas trouvé d'autres carnets dans la valise de l'Anglais. Ou il les a détruits, ou il les a cachés là où elle ne pourrait jamais les trouver.

Pour autant, il s'est incliné. Il n'a jamais répondu à Irène II, m'a dit ma mère. Ils ne se sont jamais revus.

Quelques mois plus tard, je viens au monde. Sous le nom d'Irène.

# 27

Ce n'est pas un secret de famille. Simplement un de ces tas de choses pas très claires qui encombrent la mémoire de la plupart des familles. Un petit débarras de souvenirs où, sans qu'on sache pourquoi, on ne fait jamais le ménage.

Sauf après les deuils. C'est là, sous le jour cru que la mort jette sur les tribus, que s'effritent les façades d'unité parfaite que nous voulons à toutes fins offrir à ceux qui ne sont pas de notre sang.

D'innombrables romans formatés et séries télévisées se repaissent de ces moments-là. Deux séquences avant le mot « Fin », le puzzle est immanquablement reconstitué jusqu'au dernier morceau, et chaque pièce ajustée à l'autre avec une précision géométrique.

Rien n'est plus éloigné de la vie. Elle nous glisse entre les doigts, on ne sait jamais tout d'un événement, même en enquêtant sur le vif. Alors, quand il remonte à plus d'un demi-siècle… En cherchant bien, oui, on met au jour une vérité. Mais une vérité globale, une vérité humaine, une clé.

C'est déjà beaucoup. Elle permet de comprendre le fonctionnement d'un être. Cependant elle lui laisse son énigme. Un flou demeure, qui s'appelle l'hypothèse.

Avant de donner la mienne, celle qui me semble la plus cohérente, la plus plausible, je livrerai les faits, ceux que ma mère elle-même m'exposa un autre jour où elle était en veine de confidences. Froide, cette fois ; ne cherchant pas à me servir, en réponse à l'insistance de mes questions, ces fables qu'elle oubliait à mesure qu'elle les inventait.

Elle me dit ouvertement ce jour-là qu'elle ne voulait pas de moi. Comment le lui reprocher ? Cet enfant, c'était encore un peu de jeunesse qui lui était arraché et finalement elle avait été assez bonne fille : à mon père qui s'était inquiété de la voir déprimée, elle avait concédé : « Enfin, si c'est un garçon… »

Il l'avait calmée, rassurée, comme pendant la guerre : « Mais ça ne peut pas être des filles à chaque fois, allons ! Ce sera un garçon, tiens bon. » L'affaire de la lettre d'Irène II l'avait effrayé ; il était devenu moins exigeant, plus tendre, plus attentif.

Et voilà que le terme venu elle se retrouve à l'hôpital, que les douleurs sont effroyables, que l'accouchement se prolonge, que ça tourne mal, et qu'au bout du compte c'est une fille. Voilà surtout que le médecin annonce : « Le bébé est très faible, il ne vivra pas. »

Mon père entre dans la chambre d'hôpital, il a son visage de pierre, il est suivi de sa belle-mère, celle-ci affolée, qui supplie qu'on amène tout de suite l'enfant à la chapelle de l'hôpital : « Il faut l'ondoyer, ça ne vaut pas le baptême, mais au moins quand il sera mort, il ira au paradis, peut-être pas directement, mais au paradis quand même. »

Je n'en sais pas plus : c'est sur cette intervention de ma grand-mère que s'est clos le récit de ma mère. À son habitude, elle est aussitôt passée à autre chose.

C'est donc ici que commence mon hypothèse, ma tentative de reconstitution. Pendant qu'on emmène le bébé à la chapelle de l'hôpital, mon père, comme toujours, s'oblige au sang-froid. Il demande à ma mère, pure forme : « Quel prénom ? » Il a toujours en tête la lettre du 6 décembre 1939 et quand c'est dit, c'est dit ; les rails sont posés une bonne fois pour toutes, et il n'a aucune envie d'en sortir. Après Solange, lorsqu'ils ont eu une deuxième fille, il a imposé qu'on se tienne à l'ordre fixé dans sa lettre. Il aurait pu oublier ce vieux courrier, mais non, la guerre n'avait rien effacé, il avait la mémoire aussi féroce que la colère et il se souvenait de tout.

Ma mère, à la deuxième naissance, toujours aussi soumise, n'avait pipé mot. La série définie six ans plus tôt, Solange-Chantal-Martine, a été rigoureusement respectée et l'enfant, en toute logique, a été prénommée Chantal. Et moi, en toute logique aussi, pas moyen d'y couper, je devais m'appeler Martine.

Mais dans la chambre, quelqu'un s'y est opposé, quelqu'un a lâché : « Irène ».

Ce quelqu'un, c'est ma mère, j'en suis convaincue maintenant que j'ai fini d'explorer la valise de l'Anglais. Elle l'a lancé par défi.

Je fonde ma reconstitution de la scène sur un souvenir qui me poursuit depuis l'enfance avec la précision d'une image numérique. Je me revois, par un après-midi de printemps ou d'été, arrosant dans notre jardin une de ces plantes grasses et rampantes que nous appelions « roses vertes ». Ma mère m'observe depuis quelques instants ; elle a le regard fixe et soudain elle m'apostrophe : « Elle n'a besoin de rien, cette plante, arrête de l'arroser. Elle est comme toi, vivace. » Je demande : « C'est quoi, vivace ? » Elle me rétorque immédiatement : « Des plantes comme celle-là ou des gens comme toi, qui ne sont pas faciles à mourir. »

« Pas faciles à mourir » : je n'avais que cinq ou six ans, mais j'ai senti passer dans mon dos un frisson d'effroi. Tellement glacé que, si on me ramenait aujourd'hui dans ce jardin, je pourrais désigner au demi-mètre près l'endroit où elle m'a lancé cette subite volée de mots : face à une petite vigne naine qui se tordait derrière les roses vertes. Par-derrière, je m'en souviens aussi, il y avait un parterre d'arums et de lys.

Quand, depuis son lit d'accouchée, elle lance ce nom d'Irène, mon père, à mon avis, ne comprend pas qu'elle le provoque. Comme en captivité, il se force à être tout entier à la minute présente, à la situation qu'il doit affronter. En l'occurrence, ce bébé dont on vient de lui dire qu'il est promis à la mort et qu'il faut malgré tout déclarer à l'état civil.

Je le connais assez bien pour imaginer ses pensées : « Une épreuve de plus mais on verra plus tard, vite à la mairie et puisque ma femme veut Irène, ce sera Irène. » Et il a couru à la mairie pour la déclaration.

Ce doit être en chemin qu'il s'est avisé qu'il n'avait pas discuté avec sa femme du second prénom. Mais pourquoi l'aurait-il fait ? L'usage était de choisir celui de la marraine et celle-ci, de longue date, avait été désignée : ma sœur aînée, onze ans.

Là encore, il fait preuve de sang-froid : il a voulu la protéger. Et toujours aussi avisé, préféré de placer le bébé en danger de mort sous la protection d'une morte. La mieux indiquée pour « l'accueillir au ciel », comme on disait à l'époque : celle qui avait été toute sa vie la plus proche du firmament, Marie-Anne Le Bihan.

Mais moi, le lendemain, j'étais toujours là. Le surlendemain aussi. Et un mois plus tard, infernale d'appétit, de cris, de vie.

Je me suis entêtée, acharnée comme pas deux, à rester de ce côté-ci des choses, entre cette mère peu à peu résignée à faire avec, et ce père chaque jour plus éberlué de me voir m'en sortir comme je m'en sortais.

C'est ce qui nous a unis, lui et moi, sa vie durant : la joie des survivants, leur allant, leur voracité, le nerzh de ceux qui ont frôlé le gouffre. En ce qui me concerne, pas celui de la misère ; l'autre, le plus commun, celui que tous les humains ont en partage, la mort. J'en suis sûre : le Rien, comme pour lui, a été ma chance. Si ça se trouve, la force que j'ai puisée au bord de cet abîme œuvre toujours en moi en cet instant où, ayant enfin remis en ordre les lettres de mon prénom, IRENE, et plus jamais RIENE, je peux enfin confondre ma mémoire et celle de mon père. Et par-delà, celle de toute notre lignée.

*

De mon enfance, je ne retiendrai ici que mon propre écart de la tribu, calqué très tôt sur le sien. Dès neuf ans, j'ai pris l'habitude d'aller lire au grenier, au pied de l'étagère où il avait entassé ce qu'il avait gardé de la guerre ; et bien entendu de la valise dont j'ignorais alors que c'était celle de l'Anglais. À l'époque, je l'appelais en moi-même « la valise noire »...

Personne n'y touchait, ma mère moins que quiconque ; quelque chose de sacré s'attachait à l'objet. Je me souviens qu'il m'effrayait. Sans doute parce que je savais sans savoir qu'il y avait là la lettre des prénoms, son secret, notre secret. Des livres et du grenier, je fis très vite ma maison forte. Personne ne pouvait m'atteindre quand j'allais lire là-haut.

Pour me protéger, il y eut aussi les histoires que, déjà, sans jamais les écrire, je me racontais devant l'unique fenêtre du grenier en fixant les jardins qui se trouvaient de l'autre côté du mur – j'ai appris il y a peu qu'ils avaient jadis appartenu à la Compagnie des Indes.

C'est aussi là, sous les poutres et les ardoises du toit, en feuilletant les revues et les livres achetés par mon père avant-guerre, que j'ai reçu un enseignement essentiel : on peut ravauder le passé ; et cette patiente couture de ce qui n'est plus se nomme l'Histoire. Là-haut, j'ai découvert qu'on peut aussi réinventer la vie en s'en inventant d'autres, qu'il existe des femmes et des hommes qui s'y entendent à merveille, les romanciers. J'ai dévalisé les rayonnages de la bibliothèque municipale. « Elle n'arrête pas de bouquiner ! » se réjouissait mon père, en jetant un œil aux titres que j'empruntais. Simple curiosité : il ne m'a jamais interdit aucun livre.

Il connaissait pourtant le risque : que ça m'entraîne très loin de lui. Il l'a pris. Quand, encore adolescente, j'ai quitté la maison, il m'a encore laissée faire, se souvenant de la façon dont il avait quitté sa propre mère.

J'ai pu le critiquer, mais je n'ai pas souvenir de m'être disputée avec lui. Et chaque fois qu'on s'est retrouvés, il n'y eut pas beaucoup de mots mais la même joie. Quelle chance, cette liberté ! Je connais tant de filles qui furent encagées par l'amour de leur père, ou, pire encore, par celui qu'elles lui portaient…

Et quelle bénédiction aussi d'être née sous le signe des deux Irène : deux amours pour un seul enfant, un amour de tête et l'autre qui lui avait fait perdre la tête. Deux inconnues qui me transformèrent en libre fille de l'imaginaire, puisque, formant les deux syllabes de mon nom, mon père ressuscitait comme par magie les deux aimées, les deux absentes.

Dans la joie, encore une fois, en toute confiance et comme toujours avec lui, en silence. Jamais, au grand jamais, il ne me fit un compliment pour un bon bulletin de notes ou un examen réussi. Ou alors: « Bien, continue, tiens bon, n'aie pas peur. » Les mêmes mots qu'il avait eus pour ma mère pendant la guerre.

Donc je n'ai pas eu peur. Ni du rejet parfois déclaré de ma mère, ni du monde inconnu où, comme tout un chacun, je suis allée tracer ma route.

Je suis partie à dix-sept ans. Ensuite, même au bout du monde, sans avoir besoin de parler à mon père, je l'ai toujours senti à mon côté, fort du seul trésor qu'il ait jamais détenu et dont je sais à présent ce qu'il est: l'énergie du pays de la forêt et des pierres, la noblesse secrète de ceux qui sont nés de l'autre côté du Stang Ihuern, la farouche et imaginative indépendance des Noirs.

Je ne revenais pas souvent à Lorient, mais notre lien est resté intact jusqu'au bout. Et tous ceux qui ont cherché à le rompre s'y sont cassé les dents. Ce livre, il l'a voulu. Sinon il ne m'aurait pas mise sur la piste de la soue, il ne m'aurait pas confié tous ces récits, il ne m'aurait pas laissé la valise de l'Anglais.

Chaque fois qu'on s'est retrouvés, ça n'a jamais changé: peu de mots, beaucoup de joie. On s'est de plus en plus rapprochés. Plus il prenait de l'âge, plus il réduisait son écart. Je déboulais à l'improviste, curieusement, comme une autre Irène, celle d'*Un dimanche à la campagne* de Bertrand Tavernier, bousculant mon père, moi aussi, par mes enthousiasmes et mes foucades ; et, parfois, l'effrayant. Quand j'ai découvert le film et surtout son exergue, soufflé dans le noir avant la première image, « Irène, Irène, quand cesseras-tu d'en demander toujours plus à la vie ? », j'ai pensé que le cinéaste savait tout de nous, avait écrit son film pour nous, rien que nous. D'autant que mon père, comme celui de son héroïne, se fit parfois du mauvais sang pour moi, surtout le jour où je partis sur les routes de l'Inde à la recherche de la femme-bandit Phoolan Devi. Mais il ne me l'a avoué qu'à mon retour. Pour ne pas me brider.

Puis ce fut, avant sa maladie, la soue qu'il montra à mon mari, avec la plaque à son nom – ça, pas moyen de me le dire en face. S'ensuivirent, en désordre, des dizaines de bouts de récit. Autant de cailloux blancs pour que je me retrouve un jour dans la forêt de sa vie. Enfin la valise. Sans jamais me le dire, oui, il fit tout pour qu'un jour j'écrive ce livre.

Une autre fois, il m'emmena dans un recoin de son garage où il me désigna une dalle de ciment qu'il avait scellée à l'arrière de sa chaudière : « Tu te souviens ? Tu avais quatre ans, je fabriquais des parapets pour les allées du jardin et tu avais mis ta petite main dans le béton frais. Je n'ai jamais voulu l'effacer, j'ai gardé la dalle telle quelle. Quand on a déménagé, je l'ai emportée. Tu vois, elle est ici… »

Il l'avait bien cachée ; il voulait éviter les railleries, les jalousies. Je l'ai cherchée après sa mort, avant qu'on ne vende la maison. Je ne l'ai pas trouvée. J'imagine qu'il l'a fait desceller quand il était encore temps. Et enfouir, peut-être, sous ce qu'il préférait au monde, ses parterres de fleurs.

Un jour vint le dernier Noël. Il vivait depuis quelques mois sur les terres où la mémoire s'emmêle, se brouille, se bloque, fond jour après jour comme neige au soleil. La maladie gagnait très vite du terrain. Malgré tout, il m'a reconnue ; dès qu'il m'a vue, il s'est écrié : « Irène ! » avec ce « r » très particulier, légèrement rocailleux, qui lui restait du breton de Cléguérec. Puis il m'a étreinte de tout ce qu'il lui restait de nerzh avant de me lâcher un mot que je ne lui avais jamais entendu : « Je t'aime » – oui, comme dans une scène de film.

À qui parlait-il ? À Irène Ire, à Irène II, à moi, à sa mère, à la mienne ? Je n'ai pas su. Mais je n'ai jamais lu autant de joie dans un regard. Grâce à la maladie – car il est des grâces dans la maladie –, il avait définitivement vaincu son écart. L'espace de quelques secondes, nous avons partagé, lui et moi, une confiance proche de l'enfance, absolue, rayonnante. De celles qui font avancer quoi qu'il arrive. De celles qui triomphent du Rien.

Remerciements

À Olivier Bétourné, pour m'avoir convaincue de publier cette histoire, et sa vigilante présence au moment où je l'ai mise en mots.

À Maurice Lamouric, pour son accueil magnifique.

À tous ceux de Cléguérec qui m'ont ouvert leurs portes et leur mémoire. Ils se reconnaîtront.

À mes cousins Janine Bélard, Pierre Le Mouëllic, Pierre Le Cunff, enfin à Robert Le Caillec qui nous a réunis dans la maison du « double mariage » qui fut si longtemps celle de « Marie de Bonne Espérance » – ma tante Marie Le Pohon.

À R. M., pour m'avoir aidée à apprivoiser les « Esprits »…

À François, qui sut entendre, au sens plein du terme, les souvenirs de mon père quand celui-ci les lui confia.

À Patrick Mahé, pour son attention aux mots bretons de ce récit.

À Marie Fourcade, Isabelle Thomas (merci tout spécial pour ses traductions de l'allemand), Rozenn Milin, Béatrice P. ainsi qu'à M. F., pour leur si fidèle amitié.

À Lidia et Raynald, qui savent aussi ce qu'est « tenir et faire tenir ».

À la municipalité de Cléguérec, à son maire, à sa conseillère en charge de la culture, aux services de l'état civil et au personnel de la médiathèque.

Enfin à tous ceux de ma lignée : cette histoire est aussi leur histoire.

Retrouvez l'univers de *Sorti de rien* sur :

**www.irenefrain.com**

DU MÊME AUTEUR

Quand les Bretons peuplaient les mers
*Fayard, 1979, 1988*

Contes du cheval bleu : les jours de grand vent
*Jean Picollec Éditeur, 1980*

Le Nabab
*JC Lattès, 1982*
*et « Le Livre de poche », n° 6423*

Modern Style
*JC Lattès, 1984*

Désirs
*JC Lattès, 1986*

Secret de famille
*JC Lattès, 1989*
*et « Le Livre de poche », n° 6963*

La Guirlande de Julie
*Robert Laffont, 1991*

Histoire de Lou
*Fayard, 1990, 1993*

Devi
*Fayard, 1993*

Quai des Indes
*Fayard, 1993*

Vive la mariée !
*Du May, 1993*

La Vallée des hommes perdus
L'Inde secrète
*(aquarelles d'André Juillard)*
*Éditions DS, 1994*

L'Homme fatal
*Fayard, 1995*

La Fée Chocolat
*(illustrations de Laurent Berman)*
*Stock, 1995*
*Fayard, 2002*

Le Fleuve bâtisseur
*(photographies de Bérengère Jiquel)*
*PUF, 1997*

L'Inimitable
*Fayard, 1998*

Lady Di
*Éditions Assouline, 1998*

À jamais
*Albin Michel, 1999*

La Maison de la source
*Fayard, 2000*

Julien Gracq et la Bretagne
*Blanc Silex, 2000*

La Côte d'amour
*(photographies de Christian Renaut)*
*Alizés l'Esprit large, 2001*

Pour que refleurisse le monde
Entretiens avec Jetsun Pema
*Presses de la Renaissance, 2002*

Les Hommes, etc.
*Fayard, 2003*

Le Guide du club des croqueurs de chocolat
*(avec Sonia Rykiel et Julie Andrieu)*
*Michel Lafon, 2003*

Le Bonheur de faire l'amour dans sa cuisine et vice-versa
*Fayard, 2004*
*et « Le Livre de poche », n° 30543*

Les Couleurs de la mer
*(photographies de Philip Plisson)*
*La Martinière, 2005*

Au royaume des femmes
*Fayard, 2007*
*et « Le Livre de poche », n° 31039*

À la recherche du Royaume
*(photographies de François Frain)*
*Maren Sell éditeurs, 2007*

Gandhi, la liberté en marche
*Timée Éditions, 2007*

Les Naufragés de l'île Tromelin
*Michel Lafon, 2009*
*et « J'ai lu », n° 9221*

Le Navire de l'homme triste
et autres contes marins
*L'Archipel, 2010*
*et « J'ai lu », n° 9910*

La Forêt des vingt-neuf
*Michel Lafon, 2011*
*et « J'ai lu », n° 9876*

Beauvoir in love
*Michel Lafon, 2012*
*et « J'ai lu », n° 10723*

RÉALISATIONTION : IGS-CP À L'ISLE-D'ESPAGNAC
IMPRESSION : CPI BRODARD ET TAUPIN À LA FLÈCHE
DÉPÔT LÉGAL : OCTOBRE 2014. N° 121072 (3006465)
IMPRIMÉ EN FRANCE